倖存者

雨晨 著

獻給曉岳

目錄

情人

她身邊縈繞
沙龍香，燃至後調
亦熄亦炭的味道

菸捲味倦遊其中
僅提供兩指
骨節，煙縷的浮動

夏夜閑潮一般拂面
酒精味，輕啟
纖唇帶釉的呼吸

餘目漫聽，淺聞
己濃烈得
如同沾染清晨的情人

好覺

睡一場好覺
作別黑夜

錯過雲頂上徹夜繁星
北國不期而下的初雪

我們睜開眼
憧憬明天

西雅圖

雲層吸起一口太平洋
含在嘴裡懸而不落
海水載著氾濫的情緒
在她嘴裡稀釋成雨
有點鹹，還有點粘
她半字半句地吐露整個冬天
聲音紛紛漫漫
聽得人們忘了帶傘

咳嗽

被一碗熱米粥嗆到
失手打翻面前小菜兩碟
蘿蔔乾、漬黃瓜
碗底剩粥鋪滿桌面

咳著交錢
咳著推門，離開視線

尋覓門外一直存在的空氣
我臉頰透紅
兩口換作一口喘息
如同上一次見你

山谷

山谷對離開的風呼號
風即奪走山谷的聲音
直到她被劈開的縫隙寬闊
呼聲漸小
你的聲音穿過山谷
咿咿呀呀
車輪帶起了土

集體主義

發展至今
小圈子規避
大群體角逐
人群追趕
或是逃竄

我想
如果這是饑荒
緘默或許潛藏豐富
但如果這是豐富
我再不逃竄
就來不及了

年輪

年輪，包裹時光
生長了我們，蒼老了你們
我無法做到靜佇於光陰流逝
看歲月在你們平凡的故事中
平淡的面容上刻下更多
卻能像你們曾經欣喜地
在歲月中陪伴我們般泰然自若
但我會陪著你們繼續生長
直至輪萃參天
歲月如悠悠花敗

自省

自省苦讀之年紀，不思進學卻以為智，窺聽得旁門左道自以為見聞。短歎三分薄情吟兩句古詩，為己自慰。

笑談人間煙火不食，不知不識人間。面容好似文藝，得以跳脫出青年牢籠與礦懷大義而回歸生活之本。

不謂愚昧自大，荒誕度日。

焦慮

歎氣時
牙關輕鬆了一秒

黑夜

手邊沒有委屈哭泣
無所謂腳上病痛

過火的糊肉、死魚、夾生飯
不知味，都值得讚美

如果有酒
我們舉起杯無聲

放下杯
口述熱愛、真誠

門前拍風醒酒時
想起路上陌生的高跟鞋

如果為自己穿
她不至於赤腳走進黑夜

一筆

不知道在做什麼
只是有一個印象
我給他留一筆

有這樣一個急了忙慌
滿嘴支支吾吾
窘迫，絕口不敢委屈的人
由所有早已忘記
沒來得及說出的話拼湊

在某處窘迫
滿嘴支支吾吾
急了忙慌
絕口不敢委屈

我給他留一筆

近視

這個問題有沒有解決的方式
不傍靠酒精，自己對抗
或者在一切倒閉
跑路時不扯上信仰
那麼多字詞
說出來就會有羞恥的感覺
好像自己這麼多年沒提過的
沒必要的那些東西一樣

你們足可以懷疑，否認
可是真正影響結果的那些限制
除了法律
對我來說都愚蠢且簡單
剩下的沒必要
而後我不再沉迷這點傻
做好公民，依然守法
見不見有所不同
裡外裡一樣慢性子，脾氣急

之所以近視，存在一把鏡架的界限
什麼時候戴上的眼鏡，什麼時候開始近視
原來是同樣的境況

意識到看不清的時候猛回神
便再也看不清了
只能睜大眼睛
眼鏡！眼鏡！

流浪漢

給你一音從無聲
偷去福音的和絃
不肖忙碌
是謝幕前的冬風子
嘩啦啦踢開去十二月落葉的秋天
流浪的人
這次車聲沒有吵醒你的睡眠
他們嚷鬧了半場
你便再也不見

模樣

時間快過語言
追趕不上厭倦
頂起面容修髮挽妝
張張帶傷
沒挨過鞭子和饑餓
活成歷史書寫不下的模樣

壽喜鍋

翻譯有很多
壽喜燒，壽喜鍋，日式火鍋……
風格繁多
有對應，都沒錯
每每聽到「壽喜鍋」時
我卻會立即失望
認為自己和言者
都不過如此

生命與死亡之神

「你反光鏡上掛了個什麼牌子？」
「神牌兒，出去玩兒得著的。」
「你還信這個。」
「嗐，人不都說車上得掛個什麼保保平安，當地人說生孩子屋裡都得供這個，咱也蹭個彩頭。」

春

綠複攀枝夕漸明，
雲愈浮遠茶色清。
渡時苬子蝕灼面，
陋巢敗枝嚶建翎。

江

江水覆舟客聲亂，
閑船賦歌聲聲慢。
癡人只攬江上歌，
不問舟下客未還。

江乙

江水覆舟客
聲亂閑船
賦歌聲聲慢癡人
只攬江上歌不問
舟下客未還

愛情

半桶散裝白酒滴滴答答
杯裡掛出杯外
套著今日的褲子，鐵鏈子
廁所裡卸今天的妝
路上碰掉綠蘿的兩片黃葉
甩掉客廳晾的衣服
擁抱
門前鞋子撒滿一地
我們不去管

友情

你可惜命些吧
她移開視線
眼裡拖著失落

攝像

直到兩隻眼烏濛濛
同你一併褪去黑光神采
異物和雜質沖入底色時
應當捨棄那具身體
就讓它眼窩空空
獨自年輕盲目
你細膩皺紋的倒影裡
這兩只眼睛才是全部

它們不善表達
心聲按毫升吐露
如癡傻的人慌張按下快門
來不及調準焦距的記錄
反而是最難忘的人
看起來模模糊糊

本能

醫生面對著方形托盤
患者被環切下
十幾年首次開封的
皺巴巴一小卷臭包皮
強烈乾嘔三大口
是身體本能發出的信號
對他作強烈警告
「你可不許吃！」

Symbol

任何一個至今我未曾原諒的
你曾遇見的任何人
不過是我不再有機會去認識

郭阿

溫熱，柔軟的懷中
你專注地心不在焉
無意被地上幾片紙吸引
便輕盈地掙脫前去
背影不作聲
消失在恍惚間
只留我胸口的餘熱
熏發出視野之外的
遲遲未曾和解
一整部童年

你

我像對待童年一樣對待你

可能性的話題

養貓之前顧自生活很久未曾有一次盤腿坐上餐桌來源於自
我的意願
可能性由此便坍縮無論被打斷的獨自生活亦或未嘗盤腿坐
上的餐桌

性別的話題

在嬰兒出生時改變性別
隨其成長，發掘
找尋真正的自我

如若視人們對他的行為為瑰寶
而選擇維持
Ta 便得到了祈望的
改變性別後
人們平凡的視線

如若視人們對他的行為為罪惡
Ta 也可以做出選擇
回到最初的性別
人們便得到了祈望的
為性別而奮勇表現出真實不虛
依舊是原來的性別

前提是你選擇忽略
胯下包著別人的睪丸生產
餵陌生子宮生出的陌生嬰兒
另一對陌生人的乳房產出的汁水

你不會心痛
你也來自流水線

指手劃腳

不要再讀書
早已錯過時機

跨不過的並不是內容
與被蒸汽填飽的自我

一萬本書
拼成一個集市

一本書
背後一萬個影子

你們不願被放棄
我只希望它們留存

所有被認可的努力
源於體系不過是幸運

仍舊寫作閱讀嗎？
現在什麼年紀？

那時不是如此

那時有過契機

再後，世界裡
只剩下偉大的名字

否認亂序不能有引的起點

作為結局收尾
的沉默
與沉默

並非一件事
無法互通

當我
作為起點
流於表象

丟掉靈性以後
靈性終於有跡

可循
所有要去對談的

隔年代
隔海
也可做到

另一種語言

去國後
人們分別祈望
為另一種語言通

但見今中文盡人能書
人盡樂於書
卻不自產
書他人之上

字相疊
壘一篇篇舊作
積煌煌萬字黑塊書
喚作新生
無人署名
埋頭續作

而英文癡傻
停留於紙面畫面
不得道
失細節
是為中華民族主義者之大幸
反反復複

反反復複確認為實

不願聞其入詩良良
如酒
如奶
如神佛
如愛人
如智者眼疾
如中文

都是我
竟一語中的
皆是我

中文世界
張開嘴無人話語
人人低頭弓腰
產糧
產娃
被產娃

英文世界
見大英雄立於超市貨架前
撕下標籤

拿出排酸肉餅
撬開番茄泥罐頭
於自助收銀臺
高聲論價

古著、原味

買二手外褲的人
買二手內褲的人
並非同一群人

購得的衣物上
殘留的
原主人的體液
資訊素的數量

分別承載了兩方賣家
各自的職業分工
與操守

戀足癖的話題

在得知「戀足癖」
及其詞義後
不禁對如此變態
上癮的美感嗤之以鼻

同時間
自己的腳
雖然未多看幾眼
覺得越發可人喜歡

包括那骨節暴起的大腳趾
無處可尋的小腳趾
以及如青蔥少女
崴腳般的腳踝

蒙娜麗莎

兒時與同齡談蒙娜麗莎
他接過話談起自己蠟筆畫的大象
紙板殼子上
大象眼睛跟著腳動起來
臉上有微笑
嘴角上揚，如蒙娜麗莎

童年的我於第一次感受
失落到想要殺死一個人
當晚自慰地兇狠

似乎相識

與我似乎相識的有些時日

第一次見面
像是第一次，見面過
我專心介紹

自己的名字專心聆聽
對方自稱佝僂病，八字眉
擺八字的腳

觀察眼睛在臉上鼻子上
被啤酒硬起的胸部
被香菸脫贅的臀部
尊嚴殘留

追索零星，深邃的印象
致歉，老友
我不曾記起你已太久
久過，
久過

文火

神經不懂文火
精神再懂

病癒

出門去，去買
只是家裡的百合敗了
對街市集攤位
一朵朵挑塑膠布
一大捧白

奪路上熟悉的街
紅綠燈光變換
陌生的視線
歸家腳步放慢

昂揚起花開
不需要任何比擬
惱自己的醜態，高矮
像是去探住院部
折返已歸家
病癒的愛人

尿池

並非在等待誰
來訪者皆有所求
工作與生活之間找尋平衡的失敗案例
匠人之器
禪意是，沒人會主動使用相鄰的空位的遺世感
異化是，作為隔斷的功能並不能起到作用
異性戀者是，透過隔斷去偷看另一個人的生殖器
售後服務熱線
任何場景中，候場者逃避後臺的最終去處之一
百毒不侵，尤其梅毒
業務範圍嚴苛
冷血不動物
酒醉之人是否越線，界定於是否來這裡嘔吐
熄菸池
使用中無人大聲喧嘩，喧嘩者受到同情
接受中性人，僅接受其中一部分，且無關歧視
功能拓展只需把安裝位置下移

海底站立

我只看見了不再平整
無縫地疊上上一張
鋪陳在祖先的土地上

潤物無聲
它們像水發的樹耳海米
吸飽
脹痛到造滿一腔現代的血和奶水
等候著閃電
從口腔劃破至肛門
再次殺倒它們

喚回的新生
換回臃腫不堪
帶著熱氣作為助力
層巒堆疊不上
骨肉一起滾入海底
也有人不知魚知
魚全然不知
大陸的另一片土地

暗街的豬肉店

才是它們外形所屬
不是紙，是豬
削骨修容，高大如馬
乳首翹高，陰莖倒掛

食吧，這裡有水
你吸過空氣，和什麼？
不光給予你肺部活力的快樂氣體
水不會像它們般健忘
不只有陸上的颶風才有阻力

水全然不在乎
豬身漂浮
腳依然捨不得離開
海裡陌生的上
浪從不會為它們的情愫而平息
擁抱著它們
鉗制它們在鐵鉤上挺立

脖頸處的洞眼呼著
湮沒了所有金屬的鐵鉤
刺破過皮膚的聲音
有過嗎，頭部
全部記憶的所屬權歸於檢疫

除了觸感以外的四感
與七情六欲
雙足懸空的記憶
一併收錄在一起

人貓

　　人
　　　　看著
　　　貓
成了人
　　　貓看著
　　　人
成了
　　　　貓
成了人
　　　貓看著
　　　　看著
成了
　　　人貓

流言

「飛機杯」已售罄
點擊查看相似商品
「震動棒」

事中菸，事後錢

所謂親密
就是她對他說
我早告訴過你
不要去聞

領略到
新的網路流行語
庸男庸女
開始互相稱呼為寶藏
的歡喜
的幸運
的那種代表新一天
的不住悲涼

隕石 1911

隨著整個空間越發粘密
熱摩擦柔軟的外殼
宇宙中永恆的轉體
遲鈍了
扭向另一邊兒
握住兩摔都得開的門把手
打開懸停的門的方向的
被熱氣熏開的眼睛
緊閉流淚

它有心回報
過去時間流逝
逐漸浮現在體態
脈搏聲響的出現
衰老
暖暖筋，熱熱肉
臉頰到前心上
幾乎要一起跳出來
再梗死
再落下來這個新生兒
一張老臉兒

你所以耀眼
驚惶警句，脫敏，除羞，我寫字
也只是稀罕一絲尊嚴
看向你的傑作
齊頭撐斷的田
一簇簇瞎眼向陽花的脖子
被齊頭撐斷

哈！是恥不必嗎？
哈！是羞不怕嗎？
日落自覺蔽澀
酸暖的橙色遠不如你
未熟透的朝陽
頂替熟後的晚霞
它捂不上真正的黑夜

這片土地上曾經有人
曾有我
語言
有腳不停旋轉的姿勢
幾種稱謂
芭蕾
華爾滋
鷂子翻身

選你一種步伐
親吻地面前的敘述方式
在成為註定
成為的災厄前
你有不止一個瞬間

阿喀琉斯？
阿基裡斯？
Achilles！
你與腳踝，烏龜
都不如加冕
一句簡單描述的失心瘋
卻沒有米的東方
男性舞者的耳朵裡
弦子響起來
板子也打起來
才被迫露出這錚錚鐵
骨，竹了架子
上代的裙子包住
全不該中僅不該
一雙別國的舞鞋

找鬼和找出軌之間的區別

找不到鬼，你或許會善罷甘休？

偉大與喜樂廣場

：至某一階段性展望

：成就歷史回顧下的

社會時期：喜劇

其中：權利究竟的位置

：作為首批幸運之神眷顧的

：投機探路人

：腳下路標頭上路牌

連結另一側：權利

：另一側偉大的位置

先記住自己：

：後抹去痕跡

：旅人穿行

皈依者朝聖：

：叛教者/商人/流亡者/歷史學者/年長者等

：歷來千年背向偉大

：背向喜劇權利

面向另一側：重意往復

：構建死亡建築

：來往錯綜交織道

　　　　　：路胡亂踏寬
　　　　　：成就規模戰線
勢力雄踞：一隅一窪一室一尺
總領命名：
　　　　　：《偉大與喜樂廣場》
　　　　　：露天下無處不娛樂
　　偉大：人相識

天際線

天際線沒有城牆
真到了臨近時那樣高廣
走也近不得，入也無門
沒有崗爺把關自然天塹
誰得意飛去那鳥地

老農單臂扛著鋤
掛著兜住半個餅子的黃布袋
浮土地裡撿兩塊野土豆子
田壟上晃悠悠瘁痰
嚇醒村中乞丐腳下的覺

掏出餅子
掏出褲襠擦擦
掏出
反而硬沾上些土沫
黃澄澄帶白悠悠
石子裡鑽出來的猴子一樣硬
嘿嘿一笑，剩半口牙
需歪著臉咬
年前還能咬動

算迷嘍！你吃罷！
乞丐聞聲
拾地上的餅子
發了洋財是咋
恁好餅子扔迷不吃！
吃迷子！大隊長説了
往後兒個天天吃白麵！

天際線二

天際線沒有城牆
真到了臨近時那樣高廣
走也近不得，入也無門
沒有崗爺把關自然天塹
誰得意飛去那鳥地

老農單臂扛著鋤
掛著兜住半個餅子的黃布袋
浮土地裡撿兩塊野土豆子
田壟上晃悠悠啐痰
嚇醒村中乞丐腳下的覺

掏出餅子
掏出褲襠擦擦
掏出
反而硬沾上些土沫
黃澄澄帶白悠悠
石子裡鑽出來的猴子一樣硬
嘿嘿一笑，剩半口牙
需歪著臉咬
年前還能咬動

算逑嘍！你吃罷！
乞丐聞聲
拾地上的餅子
發了洋財是咋，恁好餅子扔逑不吃！
吃逑子！領導說了
錢一定能追回來！

童年

螺骨遍地
沙岸堤斷臂
鳥糞藍

孩童靜默
禿草過涼風

懂幽默的人

電視節目中
背景音穿插
有笑聲，現場或合成
有人被笑聲逗笑
有人專注節目充耳不聞
有人厭惡
有人呆茶
有人會等我一直表述
直展現最後一種人
他們知道
最後這位比前者都要高明
比前者都懂幽默
於是沉默等候
自己被推介前臺
前就確信自認
是如此獨特
且懂幽默的人

老北京

回顧老家自二十多年來
未改如新生

較南岸衰微勢低
暮年向北的老花眼
開開又闔，眨巴著

《茶館》發表於五七年
老舍寫
清朝一二年滅亡
九年後兩起大事

不識好歹

郭阿不愧為
一隻識好歹的貓

我坐在床角
揉被子
揉出個窩子
她等在床的身邊
越上來
自己也揉一揉
就蜷睡在裡面

我陣感腹痛下床
找鞋再去便溺
她離窩前來
伏在廁所腳前
為我作拉伸演習
蹭蹭全世界
與我對視
我與她對視

我需要收口，意識
或許識好歹這般

74

傲慢的言語
終將要面對
被新鮮的旌旗握住
吶喊者再次淘汰
和遺忘
和收錄
和學術的結果
不再計入語言
流亡於碼頭漁家和象牙塔

離開了
說出來了
識好歹
便是不識好歹

標題為人民服務，好！

身邊坐滿年輕人提詞器在背後時舞臺等同於講臺
敢聊語言的人動彈不得姿態不正，只是笑聲便引得台下笑聲
掌聲踩腳聲不絕於室
剪輯
我信自己在人群之中在於確實聽見笑星口中漢語的汙言穢
語時蹙眉的條件反射後一切都解釋得通或許不是好事情
霧氣消散後的失語感況且是這樣無法擺脫普通話的後遺症
的人背負誨淫誨盜的使命繼續香火
主流相聲界及曲藝團體不是訛傳的藏在電視裡被科學教信
徒們譏諷的正方形地球和已經被揚棄的氣功而是真的人群
語言的主流官方正統權威的仔
拿給你看華人女演員予一眾外國演員的黃色錄影的作品就
是你對於語言的態度
衍生出喜劇你緊繃的民族的嶄新的包容心態
不是這樣的，不是這個意思，我也是一樣的，不敢
好在有時間
年輕人會下臺滾蛋，好在有比普通話更老的語言好在，普通
話已經有資格作鑰匙，這是肯定，是讚美，我沒有惡意，也
不阿諛奉承敵國的語言
只是我在意普通話，可憐它眾星捧月被當作過耶穌或孔子降
世救亡，卻沒有接種一針疫苗
至今還在燒

燒得抽風發冷，要水，滿口瘋言語，笑，窒息，受人驕傲，
受人冷落
先幫它成人吧大夫們，不用擔心前途會被浪費，待到它成人
你們從實習期畢業
你們有光明的未來，你們會有孩子

翻新青年

當代網路寫手的筆
藉由主播交口學牙
微博綜藝，推廣
二十一世紀後
翻新青年
白話文啓蒙運動

西直門妓女

時間不多，包穀少
花面被子棉布頭的蓋頭掀開
一對纏足小腳
時間大抵常新

她收銀臺裡殘留完整的紙幣
像是上世紀
再上世紀那些未存在的痕跡
要再加以利用嘛，要武嘛！
千萬不要忘記階級鬥爭！
一人超生，全村結紮！
酒精飲品下發平均
分配給各省
合法，解禁擴大，代表文化

您好，請掃碼，後面排著隊

新聞稱冷戰逐漸升溫
國際家暴共同體建立
放任原生家庭進入白由市場
受復興運動感召的力量
再回到公社的大家庭

占鼇頭的拳頭更硬，更獨尊個子大
在一起浪漫是父女行為，母子行為
屬刑事法管束

不夠
喝一口不到位地方未到
步行去三裡屯
步行地鐵聽步行在油門上的坐客
接步行客
聽西海岸的匪幫説唱
毒品，性，暴力，槍支唱歌
遙遠的遊絲
卡死笑容掛在假鈔上的防偽標誌兒
饑饉相隨，搖頭晃腦
餓殍宵夜吃燒烤

表示持續高度關注一天三頓飯
與世界局勢
各地吃什麼？
怎麼吃，如何去做？何為地道？
一天不止想，三次吃，不到三次
説是戰爭已經進入貿易的層面
相關糧食物產
又是再往前的事情

大批蘇聯專家進來了
還有古巴糖，只要古巴糖
不要古巴肝炎病

進來吧，全進來
雖然不是同一批
雖然無人保證做出貢獻
甚至不保證真心
雖然是意識形態層面，雖然什麼也不知道
謹記，堅決不學妓女
讓陰莖和孩子們蹬出正門掛街示眾的
髒人母
不論國籍皆不要臉
僅有少數合法國家的野蠻淫蕩派
守舊不堪有，僅有過！
「中國的妓女在我國臺灣省。」
周總理如是說

陰莖即為正門
陰道之於男人容許單向放行
普遍意義上滿足廣義便溺論
後門消門，一個響屁一個氣球上天
直到鐘槍亂鳴廣場舞者一去不復返
西直門前水車停駐

等皇城門開

Pornhub 的翻譯

切換至中文簡體版
除人工翻譯原英文標題
Pornhub 同樣顯示
網站自動翻譯的標題：

《我他媽的要毀掉她的臀部》

《熱身後女孩持續上升
男性翹起》

《邀請他來我家
騎在甜味的貓貓上》

《我在派對上
抓住了姐姐並亂搞
自己的屁股》

《妻子
硬他媽的假陽具
和馬虎口交傢伙的丈夫
－射液》

《論他媽的》

《肛門他媽的》

挖

相較於現狀
是我仍未得見的低矮時期
駛入一列隧道
高舉我手的火炬搖曳
柔軟、濕潤卻有摩擦力

擋住更高的光線
僅為肉、布、手骨制傘
眉頭開啟指向太陽的方向

我躲在她
太陽躲在她的身側
我卻承付主要代價
不記次數，路過失去知覺
我有預感：她

天空如同雲彩的點綴
像世界上認識每一個
隨時要睡去的幼童
的臉，的輪廓是一抹陰影
吸收光線的螢火蟲卵

醒來不會再有列車與熾熱的氣焰
尋找返回途徑的頸部旋轉發生在瞬間
便能熄滅自己

她安慰我
踏實才睡餓了就吃不忍吵醒我自己也睡著了走回去吧你看
天上那裡是太陽這裡是回家的路

我們拐進街道
所有的太陽在原地
佯裝躲入樹葉的縫隙
我點破它們這條路永不夠長
「內部用，吃飯話」
便可總結

癮

電器無歌聲
電波與人斬斷瓜葛
連燈光一併滅了

雪鳴叫不絕
驅使夢背離境界
落入無聲處伏禮曠地

　　　　窗外無人無知
　　　　只是癮

畫押

「他問您的名字老太太
您叫什麼呀?」
有懂洋文的人
操一口國語復述

老婦人耳朵背
側過臉張開嘴不發聲
躬身關前
聽得一臉難堪褶皺
入境單空空如也
手心裡頭打了顫,起了粘

「您得先把這個給他。」
拿來
遞上,她的一筆未動
接過去,
表格上「First name」
攢有汙抹的指紋痕跡

天將破曉詩裡得意整夜的詞句啞然離席

天將破曉
詩裡得意
整夜的詞句

啞然離席

Gay Porn

界外盛傳的 Gay Porn
不因缺少幾例
妖嬌欲滴的男人敗於始

擊掌！擊掌！

任何一刻你困頓難熬
早洩（一種異常罕見的男性症狀，僅發於陌生人）

咋舌是多餘的
抓撓自己的性取向作為新世紀
發展的基礎建設場地

看！向
擂臺邊緣瞪圓銅鈴
甩棍出鞘的男人以及
審慎攝影機的女人和她
身旁的助理的視線一併

擊掌為迎戰！榮譽
無論何等樣貌

那是你的好同志
親密戰友與可靠接班人

複刻

是的
我承認
自己又遇到了在清醒時
完整預知和
複刻了
在夢裡曾經度過的
一整天

思緒

大腦深層處流利
跳
宕
誤
等
悔
羞
迷
等電導體
黏合劑

結果論

血親 _____

摯愛 _____

朋友 _____

領袖 _____

學生 _____

敵人 _____

看客 _____

附庸 _____

師尊 _____

天才因天才為天才主動作為簇就　天才
_____　　　　被迫出賣換取

後漫威

後漫威
宇宙時期
架建重組刪節
整改肅反裁判開除
同期重新上路
同期集體創作
維護體制的發展和改革

接嫁現前未來
唯一代人啓示的
內層結構
決定其
當之無愧
全世界最稱職

攬括多黨派
眾信仰
種族
跨性別
藝術
傳播學
科學

歷史等迄今

最為純粹直接
遺留血脈於巨人之肩
唯權力論者的集大成者
轉世靈童

綜藝節目

《散裝年供大陸春節聯歡晚會》

留守兒童

人背脊梁節側邊
女孩泥膝彎曲
打了半折
兩條柴杆腿合不攏
半折不足以開叉

夯拉夯拉

夯拉
螃蟹下鉗猶豫

電源一關一閃
扣緊、包嚴
蹬開小腳趾
四隻腳再次握拳
與手法正相反

射精同時
他攮硬大拇指
稍幾下
熄滅她另一只好眼

香水

紛覆於我
香水之息

先行於你
嗅盡情意

互聯網

解體時期戰前
美陣通訊裝置羅步
架支鐵路、電網、飛機航線
引爆核彈頭內安全輻射
脈延皮下汩汩金色油火
油錘搗煉互聯機巧
付之金錢
任 CT、X 光機周身切遍
感染五洲四海
人際關係增生如癌

等

－致 Zoe

如果你想了，便回來吧
我不會去找
因為這不同於外出
無法相約至某個地點
沒有直達的路

我留守於此
只小步徘徊
踏地附近滿是腳印
它們步步朝向前方
化為追趕，消失不見

我願你一路迎著風跑
能生出翅膀，擺脫雙腳
能懶於豔陽天
雙臂常開，擁抱一切

但如果你想了，便回來吧
這條路再長
我的腳印願去載你

如果你想了，便回來吧
我仍在等
仍然心甘情願

拷思而後行

（我）試圖將被個人經驗狹窄化的社會主義具有的判斷方式附加在相同大背景下權責並不對接的國際資本主義市場產出的商品上對其進行批審的同時在情境中假定出與自己具有幾乎相同判斷標準唯獨政治立場屬於資本主義陣營的人支持並且在邏輯軌道上為我提出的觀點提供斷裂的鏈條致使責任無法被追究後默許我作為這個偽集體意識的唯一現行代表獲得行使暴力的正確性及正當性。

傑瑞宋飛

Jerry Seinfeld
旋轉木馬的下午

戲癡情種

好像沒人想起過
那個活在現代遊戲的戲癡
掄起大刀日行千里
繫著安全帶
帶著護目鏡冒著煙
只看著舞臺上的一小塊螢幕
喝著茶
喝著可樂
眼睛變像孫猴子一樣飛去
胯下的馬一路撞翻對面的飛機
參與人類最前端的感官體驗

也沒人想起過
那個活在現代的情種
與戲癡之間的故事
在一線城市與農村之間徘徊

我掃了興致
我知道

空頭支票

不可以這樣使用它
不僅是汽水
冰沙
而是塑膠紙與塑膠包裹的新鮮肉
與混凝土緊急避孕措施

就算是它
人們聊起話
論話費
電話線圈志氣足
織布機器不費力
針腳一亂處處複盤棋面

有了遠洋
每一座國際城市是人們
試圖還原的童鄉
在同鄉人的夢裡
高樓皮膚衰老
角質堆積
處處已有死

這個病讓我歇息

用語言表述用
語言表述
世界上被證明瞭最多邏輯

文體裡必然出現的馬匹四條腿爬樓梯

我不因為人類佛教裡個人主義兒那部分
開放日的家長觀摩學校
隨便逛一逛集子
看一看
學生分科接受教育
分布整齊
畢竟是一棟大樓
找到孩子
看看這一天怎麼過

被迫活成的前衛藝術家
直通聊齋法典

人的焦慮再嚴重也不及人
一句講臺腔
幾代人的語文老師終於演進女主播
「同學們記住這是反諷」
與創作出

「哪壺不開提哪壺」的人
才是實感
「要考」

既然不談論代價
追責亦無論
靈魂倚在身體裡
識字後留一封空頭支票
寫給所有一樣倒楣的人的勒索信
欠郵票

CHUYU

初遇青春人間將
一場時間恒能的大屠殺
不得已年輕
僅以血抹花一臉生命
蠟封住無常顏色的心
一滴滴流下溶解守衛的肩章
依偎另一顆跳動的滾熱
突發性冰涼

出獄不再見揚鞭行者
卻尋去走馬燈火
我們仍然過活
孑然一身時時口無多
譏諷了人間
惆悵客

庭院

精密庭院
穹下彩妝之盒

靈魂

由通道落

下

無限的途中碰蹭

牆壁上毛糙的部位斷落

上漆

上蠟

上刑

樹製木刺的砂紙

留下我的皮膚

汗毛組織

成員

外生性毛糙

顛覆性皮膚病

我？

屬於我

只是迴圈

下落者

均勻與牆壁置換

與夢境倒置

內外翻卷

我成為肉皮

大腸

襪子

鼓裡

回聲之脊椎骨髓

由固體無限牆壁傳音

再一次困守

融合

透出光芒

叩首

只有我的功勞在其中

卻無溫度

那便是靈魂

時間

無聲的平面之下

大地震顫

心脈拍

基因序列

我是製作圖騰的模具

我是通道

我是無限

我是死亡

我是生前

離家

少小離家老大回
蕭風唳戾，鄉韻勢微
泥裂雲墜故舍摧
有教無途，可否言說

19-18-

這位底褲褪在膝蓋的位置
那位看得真真
齁鬧心燙臉沒法子幫提
遠遠臊兩句氣
別丟人現眼了
這位一叉腰眼
招呼著把那位拉倒
戀人帶倒影各踩三隻腳

關鍵這位
也並非前衛藝術家
性自由運動者
天沒熱到脫褲衩兒
沒跟人打賭輸贏
估計也不是性暴露狂
或說程度未及
沒喝酒
沒打針
沒上電視
沒入錯教

這位開言

爺爺我自打記事就穿開襠
再瞧這料子瞧這工
琺瑯彩的深海麂皮
黃花梨液晶顯示器
德國人弄猶太人
賣義大利人設計
不添加防腐
走了國際年秀一直沒下臺
陳年春季新單品

人一少又壓音
別管這樁閒事啊呀吆
誰不明白似的呸呵吐
我不這麼做哪來的好日子
不得救救孩子
旁邊仍然穿著童版開襠褲
路過的一草孩子聽見
嘜嘜地跟著學了嘴
不得救救孩子
反響被逗笑
評論區排隊領鏈接

耳鳴

我沒出去的地方沒回去的地方
哪都沒去
我什麼都學過也不記得說
我坐在街邊看起來不吉利
我被失去了
在腳手架前的絲毫浪漫
精神錯亂了掃地阿姨
裝修大哥

買一束花誰都不送給誰不開心
多重人格就是個笑話兒
還不難寫
如果是唯一
僅一個多重人格的我而已

過了且投機取巧了
會讓親人和朋友害怕
不會有愛人

你要買什麼
你到底在買什麼
我需要的

只是我一直在買的
那是我真正需要的東西
是什麼呢
是我需要的
所以是什麼
你他媽聽不懂人話嗎
我都說幾遍了
請不要生脾氣
當面可信的無意冒犯
是什麼呢
那是我真正需要的東西
車軲轆話
要軲轆軲轆去哪
軲轆軲轆軲轆
笑了吧
去買東西
你又要開始講大道理了
所以是什麼
那是我真正需要的東西
所以是什麼
你怎麼什麼都不說
你為什麼要這麼對我

如果我把從前有座山

山裡有座廟
廟裡有個強姦犯

你會聽嗎
成年人的睡前故事
有人這樣去聽嗎
睡前故事有過嗎

佛祖人
保佑通情達理的五毒們
不僅有人性
佛祖的語言是什麼？
它們也聽得懂
怪
我甚至不懂任何語言
思考只是發呆
答案憑空出現
跪和磕
買東西
挨操與操
低俗與嘻鬧
只剩下低俗

佛祖人

你該來這裡看看
所謂瘋僧
無論特徵
如成年人的乳媽
紅樓夢開篇有他們的背影
我不敢再往下看
時間未到
我保證

他笑著大叫著
我可又要帶她走了
我可又要帶他走了
我可又要帶它走了
我可又要離開了
我可已經把話說到這個地步了
隔著海
隔著時間
啊！
那是個成年人
不對
只是看起來老
他才剛出生
還是反了來著
反了你了

不是這麼用的
他看起來很年輕
誰也無法靠近
那是個成年人

行人為他騰出一塊地方
從斑馬線走進地鐵站的二樓乘車
去他們一開始就要去的地方
要還貸
還血脈最古的貸
還最新版線上字典裡最新的貸
一個不還會死
一個不還會老
血脈是誰負責運營的來著

孩子畢業要找工作了
要吃飯
要活著
突然要吃飯
突然要活著

他身邊總有一圈
空曠的聚光燈
從裙子裡照下來

人們總在夜裡
為了偷偷看他的美腿
丫有雞巴麼
他也聽見了
只是不記得是第幾次

這個詞竟然出現了
吃痛了
恨意浮盛
時聞鳥鳴
時聞耳鳴
時聞鳥鳴
時聞耳鳴
我究竟要不要刪掉一個呢
刪掉耳鳴
刪掉鳥鳴
刪掉雞巴
如此反而又寫多了
那樣此刻反而是種昇華
深刻此刻
時聞鳥鳴
時聞耳鳴
聾了再說吧
瘋了再講

時聞鳥鳴
時聞耳鳴

悔恨

儘管無知
我們通連
對方的語言
描述出不曾
擁有的一切邊幅
她深藏某處
不止為生
不止為人
不止一人

抑某人內心
可明見
不必憑無聊窺探
猥褻真赤妒火
羞怯魯莽內心
未沾到共同
過早遺忘呆老
屢屢躲入母子
父女關係兄弟
姐妹關係
無法掙脫
束縛卻不知

情

一眼一言
我們相見
再次相認
如故面目全
非笑臉
悔恨無窮

囁嚅

如果這是我的夢
為什麼
拆醒掩蓋如
不值得珍惜
或我的感覺
本身需要
一再否認出現
再否認掩埋

這不是疑問句
或許但人人
意願為我
指一條明道
濁耳必聽
有限責任噪音

總有一條壕溝
是我掘破
為你掀坡
祖墳已成功註銷
王八蛋工程
豆腐渣戰爭

總有一棟樓被我
轟鳴倒臺也許只是
一個眼神的力量
一種信仰的囁嚅
枕語家暴

你永逃不掉
交通方式勾粘如今
混凝土灌注鋼筋
與人，冷水澆打
日曝，封殺

我為自由身
逍遙獄外
法內廣結良心
廣掛人命
搜索臘人
人肉搜索
否則便是癌愚惡
否則便是
我深諳這場儀式

養

你願意收復
她為孩子
繼則還給你
童貞，攜以手

你願，
意念她為親愛
會悵依然
緊做一場兩場
一場，兩場

悠久，如己命
卻忘我，
索求如癡

曖昧，前戲臺
堅決無度
確，實
無結局消失
從來是，她

性

無風夜暑樹
等風下
等雨中花
我一同跪在後身
景色一樣等她

汗如雨
吞風氣
眼下生樹花
兩人兩情
各犯一場家法

書寫者

歡迎你
書寫者追尋我們的夢魘

我們無期無途
如你所願所圖
與你割意
與我們拉鋸

語言盡可能放權給你靈魂
幾近全部在我們身邊

我們無需有知有賞
你儘管情詩寫意
卻顧自聽懂任何一句自白獨立

萬億死亡軍隊早已是模糊
混亂標本
這何其可悲
我甚至替你訴說憤悲
也無妨護

與自己征討

君王府中吸血悖論者
窮極一生
第一道防線不屬於你

氧化自己
下酒下毒
我們的現世報
報銷傾銷
個人如你願
自由如你所期

你再相信嗎
萬千道閘門
刀口間劃皮的尖麻
你僅剩歌聲笑
殺伐聲帶跳

做吧，我們看猴戲
詆毀耳音
無不抗拒噪音

至我們笑
何其存聲無聽
何其有心

再不必章還法回
下跪，再無膝

你不相信，即為失信
眾神死後每一尊
活生翻越嶺
碾平無數人命

高樓如林反覆運算起意
標價為民，有期
書寫者本世，輪迴
天境地獄皆可比

書寫者
你大可輪迴再會
書寫者

只是你的愚頓，筆
任何時刻驚醒
仍會是我於此歡迎你
永世無歇息

悲憫生存的恥辱

終於我見希望
一段悲憫生存的恥辱
何來糾纏希望
單調組合
重複用語
只言潛藏低靡抑鬱
韻律的法則一階階梯
尋求資格苦難之梯
下行一步一階
以欠條佘賭
站穩腳步以勤奮刻苦
盜挖遺骸之眼
無人存有屍骨
流通於傳送帶
人人傳輸墳墓
落入前已死其人
終於面臨最後一次翻身
為屍體跳舞！
為周遭謝幕！
提線睜開眼！心跳！
孕育韻律，協調無集體
特權優先焚毀你的輕薄

一生緊閉的雙眼皮
面前層層熱波
紅透青煙焚化爐
那裡是最終的無知者
最終逃避死亡的去處
可笑安詳的一命嗚呼
可笑死前拉響警報
緊急皈依的無助信徒
祝你智慧真實，青春永駐
助我隻言片語一段希望
悲憫生存的恥辱

肩

我曾站在你的肩上
扣手在你的肩上
雙手搭穩,摩挲
頸吻,輕枕,垂落

我為孩子們讀起
讀到你,一句一句
曾經也這樣告訴過
你如此年輕,像你如此
曾有年輕的我

只是哪裡有人
再像是我們
年輕後,僅存的樣子
哪裡有人再像,你一樣
像孩子,站在肩上

聽我一句一句,讀你
一句,一句扣穩雙手
在我的肩頭,摩挲
頸吻,輕枕,垂落

浮世繪

浮世繪
對於浮世
繪，過於美

信仰

我如尋找信徒般
尋找我的信仰

海子

我走了。
於是我為這個人間只平添
一場悲劇
截至為此我努力一生

請在黑夜到來前那晚燒屍
一同在爐子裡
燒幾本未讀的書
抱著，枕著都可
不要墊屁股

如果這個儀式具有意味
我僅認同其中消逝的部分

這不是焚書坑儒
請替我們辯解
我們是古靈的新魂
這些書也是偉大的
現代工業複製品

我們需一起進入
火焰照亮光芒

儘管光不透爐壁
不透牆
這是我對黑夜
最後且唯一的復仇
我只有一次機會

我把它起名為開始
收養為子
我需要最值得信任的
陌生戰友和愛人
只有她們無數次
原諒過我
無數次的背叛

而在悲劇裡
桌椅板凳，茶壺茶碗
結局不會改變

最後一個笑話
以夢為馬
夢麗蓮·馬露

外送員

不需酒飲幾口面
送食人
與歇停摩托周旋
揚起從前是馬塵

眷眠

對已去人事驚慍
漸離

摸扣銅釘，會道門
緩釋，禮儀，義理

一面，無影燈下生坯
不可修正連續，預知

旋移，舞嬉
獨足同，步感知

追憶漸進
絨毛拂面盡吸

愛意濃揉
嘗盡洞穿柔軟邊界

請饒恕我
我已漸愈，眷眠

多年後

「養貓是什麼感覺？」

「像是多年後的你，撞見了曾經的愛人小時候的樣子。」

於十字路口收到自行車罰單

男人，女人，老人，孩子
面對著某個方向
我卻無法得知這綜合的方向的朝向
我隨其中騎在自行車上
握著把
在十字路口前收到一張逆行的罰單
二十元

我把罰款回執插在眼鏡上
時而飄揚如旌旗
時而阻擋如刺面
有什麼區別
順行的人看不見

家依舊要回
只是原來的路
幾條走不得
走得，得花錢
本是我意
創作作品的想法輕易便有好多
《自行車逆行十次》
《逆逆得順》

我卻做了他選
返上了順行的路
像我本來要做的那樣，回家
唯一的區別是此刻我看見了
所有逆行者的模樣

逆行的男人，女人，老人，孩子如故
不對
下班的男人，下班的女人
放學的孩子在老人的代步車上
好像還是我在違法逆行時看見的
那雙雙臉
只是這一次有一雙雙眼
看向了我的刺面，我的旌旗

字條太小
他們的眼看不清我的過去
我的臉上
二十元電子支付票據
印滿了他們短暫的未來
那時想起我，希望能博得一笑
因身後的路口崗位前
我看著人們為這二十
粗紅了脖子

孩子無端的哭了起來
紅領巾和校服哭上幾滴優酪乳

不知回家的方向錯了
推著車是否會被攔下
不知幾米不到的人行道上
那些行人和看客是否走錯了方向
我騎在自行車上
在十字路口前
看著這條路的頭頂
我奮力追上後那只靜止的鳥
再一次飛了起來

詩

（瘦弱燈光回縮發出聲音的顏色像是無名之地裡一束小腿
抽筋的酸痛味覺）

重複，你有無休止重複的權能
可是與這個世界逆頭的追趕
它愈來愈快愈來愈烈仿佛出生的精子待孕
而精子有意識，卻永遠無資格如父親被自己所處的位置喚起
進入般被喚起，卻有另一套規則，看似的爭相追趕
建構生命觀

乙
這是唯有最深層的排列法應允的假命題，值得解讀而不認為
是瘋言亂語
而最大的錯誤便是在詩歌中提出詩歌，在詩歌中強調詩歌自
身，且於中途未完成的階段便強調自身，例如句式：（願我的
這首詩……）（也許這樣的詞句……）
如此書寫，毫無詩歌本質的靈性，而是卑劣投巧的行徑，妄
自凌駕於自己，暴露欲望
如精子幻想=構思勃起
以上便真正否定了我這首詩作為追求詩歌的存在
悖論
（願我的這首詩是一首詩

也許這樣的詞句構成一首詩）
這便是詩歌的特權壓倒邏輯
或許這段是詩歌之中不成立的段落
而這種段落是獻祭的真正含義

甲
（瘦弱燈光回縮
發出聲音的顏色
像是無名之地裡
一束小腿抽筋的
酸痛味覺）
格式在被確定後原句的邏輯再一次被斷句進一步限制，是一
個處於下一步的過程，斷句不能先於句子出現
結尾
返回第一句
如果不在句尾，這是兩句無效的指令，但是是選擇的確實體
現

重新閱讀此詩，重複熟練後讀者必然走向同一條路的相反路
徑
或以甲中帶有斷句法定性格的方法在意識上確定在詩首的
無斷句的句子的斷句
或以整件的大觀重新組合被切斷的甲，構成逆向的，帶有自
己誤讀或主觀的體驗，這兩種方向可推演為整詩的理解法

點明後，這條路便具備方向，引導建立一個基於線條的可被
觀察的面

任何再進一步的解釋只是在這個面上的構圖，而表達的理解
不會是概念上完美的那條路徑般的直線，而是無休止的曲線
和跳躍的點

1.如人的真正自我確認的方向性，以神的不定的概念（儘管
神目前的外相已可觀察，弒瀆）拆斷並且加以進一步組合的
甲的方式表達並且畫出這條無止的曲線可以構成人的面相
神聖性的片面認知，以及整體感受，空中花園，巴別塔

2.或作為整句便完整的目前（這首詩在這句時處於非完成狀
態）構想已完成，頂見完成體，而作為完成體，睬詩的文體
特權，使解讀者陷入被動的構圖，而進入迷宮，永遠無法真
正面對造物主，而你如薩提爾的首領，或看門狗，或任何聯
通的作為唯一代表的身份獲得對應的存在（好處，物質，崇
拜，因果之中的果等）收納低於自己的子嗣，臣民，信徒而
存在為人，而獨自試圖拼湊組合神的碎片，作為人成為人，
受到受剝奪且劣等的人的劣等行經的自我和互相確認後無
法突破的屏障托起，是為皇宮，聖殿，金字塔

（瘦
弱燈光回
縮發出聲
音的顏

色像
是無
名之地裡一束小
腿抽筋

斷句時出現感覺，我應該以某種可以預見的方式完成斷句，
特此記述並中止（死亡）

謊言

戲耍夠了，胡鬧夠了，回家來
我殺死你，口頭保證隨後去找你
感謝這時代的催逼和科技
懷疑的人自傷，而
為了確認自己
納他傷，納她傷

這列東方的列車上的一舉謀殺
他活到了終點，卻等
等到了夢境
我蘇醒了？
我還在夢境之中？
我掉入了真正虛無的思考嗎？

所有的眼睛一齊看向他
溫柔的口吻關心著他
替他呼喚著她的名字
她眼睛的顏色
仿佛是所有人深愛著的那個人
才在身旁逐漸冰冷
眼睛
眼睛和他們也變成了同一種介質

我要愛什麼，一顆不剩的眼

你自己還沒有捅進這一刀
這場儀式遠沒有結束
所以你不能死，直到血液流乾的
科學與社會的死亡判決到來
遺忘與意識的渙散無法被觀察
水到渠成，源遠流長
那是科學，那是技術
那是哲學，那是藝術
而對不起
我們不做你這樣的人

滾回去吧，回到死亡之家
也許那裡的母親哭乾了眼
你遊走在生命的極限
幾次在綻放靈魂的前夜
與她交指
而被拯救回了生存
再生存，再生存，再生存
再生，再生存在生存在
你的靈魂是貸款得來的
你記得嗎？
這生命需要被歌頌

而勝利了
徹底腐爛，死亡的土地
你是科學魔法聖殿中
具有人類智力的物種
僅此，僅此而已

那種

我試圖的一切寬恕
直數到一個惡魔許諾我
但肯交出靈魂
便賜予我對於它的一切寬恕
我對它說，不必如此
我已寬恕了它，當它在我面前
請拿著你認為得到的那種靈魂離開
此後，它從未出現過
我所認為看得到的，那種惡魔

九月

九月碎塵啓封，骯髒的北京舊區房頂，瓦片透析灰水泥，瓦楞使漆，水泥池沼幕簾底一片褪灰色浮萍，抱不住牆。

環腰掛肩的包袱皮，露出時間，和她可見的兩只胳膊，代她揮舞過，代她落下來，她回眸臉翻如書，終於，屢頁記憶得見，可閱。

一個個字像是我曾書下，我曾譯轉，記敘她自己賦予，一個，一個名字在紙上，合印裝裱，塑封，等塵來。

未時我已早知，她的完成樣相，正是她，是過，仍會，且只能是我已無關痛癢，無可更動。

終於，在終其後的讀者們膽敢一遍一遍，一個字一個字，在失去重複的過程閱讀失去，長久留存內心中來年九月，出產的塑膠包裝與迷眼的碎瓦浮塵。

一道收集她我足夠遠離的遙望，土裡掙紮的手腳，軀幹枝椏綻放每四季一逝的迷離，才顯告別。

鏡子

相比於你骯髒露骨的汙濁
她透明的靈魂平整地展現
只是在這個地方遺失多年
透穿出了你的不堪和羞怯
你被欲望異樣定格與取笑
如夢境裡混沌無休的水銀

眼

謊言天然的成熟所帶來的
不僅是被罪惡或正義推動著前進年齡
伴隨著智慧在身後
冷靜著必將衰亡的盛景

獨展旌旗刺耳，世風默聞
注目，受困
於天空的座標一同呈現飛翔之姿顫抖
位置再一次結論語言真正的主權
樹立一展與多展間推演

當你想成為太陽嶄新的名字時
我遁潛回某一瞬不可查見的無名漆黑
那個夜晚的謊言一併消失所有的星河
如整個宇宙蛻為濕滑陰怯的蛇眼
終將不可遏制，虛空中自然一眨

當我睜開它，無人不信
這熱淚竟與你相同

回答

我最好的文字
全都封成聊天記錄
在資訊的亂流
已寄達
只屬於它的人
而任何文字的偉大
於我
無及它們一毫
便是我的回答

樂器

渙散的家庭之間牽引
歸置了現今國家與民族版圖
如同我，為拼湊品
如同你，百般無聊

而亂華春秋，民國之亡流
地殼板塊並無受阻
人們抱著冷兵器至火器
意味著什麼期待

四散其中無法分辨旋律的盲聾人們
勇猛或愚蠢，卑怯或睿深
忍受著每一種噪音愿景狂奔
無法靜待旋律流轉，圖紙溫柔

音樂？音樂差一點就追上
卻惹人驚懼
以樂器擊打樂器，樂器抵禦打擊
必然
銅管戰勝木琴，腸弦掐斷嗓音

當硬度決定藝術

三重奏為巷戰
交響樂為惡役
不再突圍死亡的包圍圈
以自動與半自動演奏

這樣的音樂中
高聲起舞

戰慄

規則之間的屏障
如掌握遙控器的觀眾席
再怩怩陰鷙的背影
也只是我跟隨的親近
銜接我過去的記憶在這個世界
已經忘記，不無知己，無法統計
我的夢是這一次了，世界之母
它從未允許痛感沉浸真實
亦從未驅散冰寒
顏色與侘寂打磨著宮殿中的大理石
與下一次春風過早
吹入體表了第一個冬日
醒覺，醒覺，只是個無由的戰慄
吹熄一夏的燒雲，灰飛秋涼的夢魘

血

一

改換門庭，種姓
血統，狀態，外相，本質
一切它是什麼變幻，無窮
人們不帶好奇
長久注視著對方
寄存雙眼警惕

二

你必須相信那無暇顧及你
戰慄仍在嘴邊的笑
而多寒冷的地方
人們擁擠成這樣，死守取暖，流動緩緩

三

看見了
不要再試圖擾醒她，不必一操
我們都曾誤解寒風
太陽藏匿光芒後蘇醒是夢魘的前奏
就讓她睡罷，我們再近些漂浮
以她為浮木

四
他恐懼
這個世界被真正信仰時
溫度只靈驗天罰與報復
堵死光線不及最後一塊暗礁
是另一暗礁推波逐暗流
卻仍與你相擁不放

五
他們的血液
那零星一點自由，帶動流淌
緩慢濃稠，如年華銅銹
仍未順應洋流

六
啾哺以夢，餘糧以酒
大話，大笑，大吵大鬧
是記憶
可否喝到向夢的酒哪！
可否做那醒進酒的夢哩！
可否像智者一樣誠實無遮攔！
可否釐清道德與樸實的靜止！

七
醒，醒
夢，夢

八
她是你了
愈來愈骯髒的污泥濁水中屏息，下沉
下沉，生之本能的挽救你無法抵抗
水壓空白的設想，以顏色
以最後一刻
以回光消逝的反照
肺泡見證的水汙渴求吸飽整個肺部
永遠置身，融入這水
上善與骯髒匯流的根源
進入血液澆泊過
基因裡，曠野無垠的泥河

梅

一陣風吹落樹枝泥葉上
人群，驅使走動聲的去向

曾是我不相熟的北京
雪覆上，也只是另一種陌生

卻，存在我記憶的妝面
我當已忘記她的臉，的濃雪

第一次在我面前，曾卸下
妝容的喜悅，是否卸下真心

我無從得知，濃妝豔抹於寒風
四季中，哪一季臉孔可愛的紅潤清白

為這面容，紅色的傲然矚目
不見幾乎，每一片風霜匆忙始終

盡然錯過，一朵梅花的紅
風嘯著雪，再次錯過一整個冬

阿基里斯的賭局

公式無疑已一再確定

科學將崩塌現實願望中必須卻再無法精確下去的那位數字

這是最後一個人類意義上值得被驗證的真理問題

不妨打個賭這數字將是什麼

我知道此刻不忘打賭的行為顯得過於人類世俗

但十進位下你有十分之一的機會在西邊對視亙古的神靈；在
東邊窺見「道」的原始

你腦中從 0 閃去 9 的數字，是全部靈魂換得的籌碼

或許往後再精確出一位數字吧，阿基里斯，你的確會更靠近
答案，逃避問題

莫忘記那位數字，我曾經第一次問的時候，你已經給出過答
案

莫忘記，天堂與永生不可兼得

前戲

擼貓，
沒有結果的前戲

樹與花

最終我們親手把世界打造成世界的複製品下放
只為留在這個世界之中
欣慰失去信仰的新生兒虛空的希冀
而有什麼
搶了他們的夢原有的位置

你教會她走路
她便無法教會你一支舞
而你挪移緩慢的腳步
再也無法跟隨
她步步帶有節奏的攙扶

東方的答案
源自其斷肢的幻痛
真實的進化論
真實樣貌
每個人忘卻
尾巴被節節剁下幾刀

對話是其中一種癥結的治癒法

助力這骯髒失去顏色

語言和民族掙紅眼
告禱這世界

「父性的酒，母性的毒，悔後狂歡，歡盡悔恨」

你要去懷疑這一切的堅定
亦可被懷疑，無法被確定
我們需要你肯定和停留懷疑
既定停頓便實實在在止步不前

這般的思維使得理論互相成為注腳和模仿歡愉認同這回歸
的思維仿佛褪回誕生之初的締造是對於後世的真正解答發
展與發揚是幫助我們回家的路而靠近終途的任何一步回眸
時何敢認知去往的究竟是地獄的岔路天堂的里弄

老子言
天地無仁，
人卻窮究其言千年
聊以長生。

言與歌，紙與筆
樹與花，我與你

奇絕的樹，不開的花已夠多

我們一樹一枝，一朵
忘遍怒河大川
忘遍一切無關
忘遍被屠戮最後一名受害人
於是他竟自身負罪
與現實道德人倫無關的舊罪
以死亡為開始的虛無
遺忘何以救贖

唯有現代

我由然解釋過
自己的地獄
死亡與生命等量齊觀

模糊
因它只是模糊
人最大的權力
自由，成為任何年代古舊新奇時間機器
你必須做出選擇
因為現代本身
不屬於任何記憶

正如我的名字

不來自我，不屬於我
除此以外任何名字
像我未曾記起
任何一樹花，其中一朵

唯有記憶與身體
是兩件確實的作品
無法修改，無法再生
締造謊言和控制

語言之中的辭彙包含的具體含義
具備歸屬權以及深層邏輯
為解釋清楚
以你理解的語義表達的內容
是你曾理解的內容

而你只能為自己的高貴和卑鄙負責
越是卑鄙，更曾卑鄙
其中自有快意

一切終歸入儒世
一切終究攜道而逝
一切終於迴旋無休止
舊路幽深逼仄

前方無疑仍非桃花源
但有光暗冷暖

尋它去，但

莫以四散潰逃之姿凱旋
莫作身體與記憶為單選
莫相信馬放南山，安逸的後腦
莫推平盡燃焦土，天不生野草

窮究下去
只是怒河難舒，大川難姿
枯木育敗春，枯乳哺苦汁

遺忘記憶，或遺棄身體
遺忘天堂或遺棄地獄
遺忘言，遺棄歌
遺忘紙的筆，遺忘樹的花
遺棄，我和你

缺 口

只因那無地多出一個缺口，她躍缺而出

我奪門而出，再也尋找不見記憶中的她
我才意識到，是幾個她寄存於我的幻影

將我安撫於無地的美與樂，但我並不知
我的幾分幻影是如何存在，對於她而言

是否是束縛，破開缺口便不顧一躍而出
這之後的她，每一抹幻影璀散流連各自

成為無數個她的熟悉面孔，這之後的我
看見了何為幻覺何為幻影，它如同拼圖

嘗試去揉合，不過是再落下一盒未開封
那形象碎淨，淨是她婀娜百姿的美與樂

集聚這幻覺幻影卻總於我，多一個缺口

雨晨

無時之時，無地之地

無言之言，無思之思

我借用你的時間，空間，語言

促成謊言，才讓這把鑰匙真正存在一瞬

足夠確實的現實之中只有謊言從未被赤誠相待

而金子般的謊言如果被停留

在你這裡像一個人真正駐足在天堂門下

再跨出一步，或後退一步，或僅僅是動念

都會讓謊言恐懼，嬉皮笑臉回謊言

去把我交給你的鑰匙變成石頭，給下一人

把我觀察到唯一一毫真實散播謊言

我便是拿著石頭扯謊的人

再度過平庸的一天，穿行在空曠的門間

我認得天堂的門，你有過天堂的鑰匙

我們生活在人間，我們永不相見

如果天堂僅容下一人的光暗

我安待朝雨共晨

卻獨唯昨日，被渴醒的夜晚

磚

死亡還未搭建明天成型的磚塊

已經是昨天粉塵入風的意外

看見這些磚粉了嗎？

如果壓燒，約莫一塊的量

原是我明天需要做的磚

昨天磚粉成山，卻突然颶風不止，吹得我一山粉上天，迷眼
污染

風停我掃著土和泥巴，全摻在這磚粉裡，總共也只剩下一塊
的份量

我不知道該不該把它燒出來

它當然沒有生命

但它沒有生命是因為，它們已經死在昨天

176

我該不該把一捧死亡粉末築成磚的屍體

只有把這塊磚燒出來，才存在這些死亡粉末的死亡

只有讓它在明天成為磚

才能證明它們一併死在了昨天

如是，它進入今天補到的磚粉堆

一次眨眼後便消失，溶解

接踵乍起，颶風如約而至

錨與鏽

互如鏽錨，恒如錨鏽

連結於句與詞之間空白
，那些字詞只是一些線索

錨索所蹤

絕大部分無法以不同的向度
填補這些空白，
從而拓寬可能容攬的空間

不知船海

仿佛那些字詞的表意就是一切
全是肉眼之下土地一樣實在的資訊
形狀再美的細枝末節
不過已是寥寥幾筆簡體

互如錨鏽，恒如鏽錨

每一個人都像
生活千年的同一人

知者太久忘記
如何運用無知
這一步險棋
我與地獄和天堂之間薄膜穿過
稍不注意萬劫不復
稍不注意海闊天空

讓我遺忘我被遺忘的徹底
讓我銘記我被銘記的
是什麼

錨
錨鏽
錨定鏽蹤

你仍舊確信嗎？
回到相似的地方
你已經把自己撈出來過
再一次回到了再一次舊夢重溫
你曾在此
差一點渙散自我
差一點失去一切過
你知道通往天堂的門亦通往地獄
你知道無有長生

一切話語證明觀點
可是下一個問題真正到來時
這個問題才被無言結論封
正如我所説
錯過了天堂的入口
那僅僅是上一個瞬間發生的事情

錨點

長生不老是最大的笑話
因為卑賤浪漫
笑話不可謂不好

天堂是最大的悲劇
因為明亮如遺跡
悲劇不可謂不美

無人回應笑獨孤墳的野輩

(語言的硬幣作為
被翻倒背面你所下的賭注，無聲恫嚇

the coin of language

has been flipped
into the shadow of bets
on the other sides
of backs)

不從任何人的口中奪取
我只是拿回了虛空中語言的一切
在強風中試圖不停
自己的降落傘撫平

瞥見自己
厭惡的人打出極其噁心的哈欠
她感覺自己也馬上要打
瘋狂抗拒，咬緊牙關
如猿猴攀木手勁

我追逐死亡
以免她先追上我
或忘記我
早已忘記了她

人們在陽光暴勝過的地方摸黑
一雙眼是一雙手電
他們和星星對視

不以為那是受困的人
卻因自己不住受困
希望那是將要降臨的一眾神明
人是多麼軟弱

盲人
當他們掙脫
在理智上醒神
睜開了那一雙眼了
終於才第一次看見得了自己
看見的卻是這樣的自己
如飲泥

人們不親自
卻欣賞一個個天才
把自己泡在迷幻藥裡創造的作品
一遍又一遍
稱為時代
或否定天才
否定一切

那裡的人失去信仰那麼徹底
好像變回了小時候所想的大時候
那樣(天真

可愛(sky as reality
could be
loved))

之為現實是連續預知下一個被表達前就被再下一個瞬間的
預知取代了的瞬間

如果土地可以當做一種形容
臉比腳下的土地更顯土地
我愛這土地
可臉已更盛
我竟沒有更愛
土地變成了汪洋那種
可以抵消好奇
厭倦反之亦然的船錨已斷

互如鏽錨，恒如錨鏽
我竟忘了呵
錨不語，鏽無言
斷有千年

灰暗時代

如電氣傳播
我永遠記得
灰暗時代的我

我永遠記得
無聲，可堅硬生命
似拳似眼
規勸死亡的軟性
誑語如風

我永遠記得後年末人麻木之感
人言良善不可安撫我
卻是他人之厄難安撫我
此惡傷至今未消

我永遠記得作為童嬰
於午睡驚醒，卻見四下無人
夏季陽光首次冰冷

仿佛昨日
仿佛

我永遠記得
卻過早忘記這些事
究竟與我何干

STOP SIGN

燕雨，鴉音，裂柏油路
晴雲細擺，門前樹

STOP SIGN
穿街人揮手

一腳剎車後，
一腳油門的離開

方向

我把這個世界投進這個世界的我的腦海之中演化的這個世界

(盛大卻也內斂的交響樂廳
不似舌頭咬緊蛇尾之環
戰車追逐戰車的胎痕尾焰
依然那次回眸回眸之間顧盼)

錯了每一個方向

交響樂開啟天篷
舞臺群演背對觀眾
指揮首當其衝,向著反方向宣戰
不要怕與觀眾的紐帶阻斷
殺出包圍圈後殺進包圍圈
僅剩指揮一人
不作太陽,卻如流星一閃
好過一場表演

蛇頭
蛇頭喲
信子吮了又探

卻不知也錯了每一個方向
在自己的肚中見大世界
是造物主的一件作品
卻不是大世界
並不可探出的味道
永恆味道

直到戰車戰馬與戰士對面而立的同架戰車
我與她回眸背對的異刻
一方揚手指揮無處，無樂器歌者無聽眾
一方探出蛇信，嘗盡舊血肉的熟味
流星流入暗室的大幕張開的無色天幕消失

我把這個世界投進這個世界的我的腦海之中演化的這個世
界

錯了每一個方向

(*ºΑº)=3

摩天大樓新地段與世隔絕
摩天大樓舊地段位於臨街
破瓦寒窯，竟也有人居住著
細碎的爛牆，玻璃
再臨街，是棚戶，貧民窟
工地，混雜公廁，長椅，垃圾
小商販的食車，舊貨
一樣的蓬頭，民賤
地下層最深處的垃圾處理廠
也有人睡著臭水而該死不死

幾十年前一場噩夢
撿起如今地上
出世各省的古城
廟宇道觀庵
教堂會場禮堂
裂帛破衣，尼龍晴綸
發當省狀元一筆獎金前
叩拜敗寇，儀式陣仗，臂膀旋晃
門票過百一日，包食宿，學文化
學自拍，學短視頻

電子捐款後獲得電子開光

入世，商街代替街道
衣店雜貨店烤鴨店門臉
煞白的人偶作揖致死，一公一母
行人油面滿光，煙灰飛舞不懼
一口濃痰所吐．
再一口，再一口清空鼻腔
一直射進了大理石地面
多了什麼，便少了什麼

三輪車的包裹的顛簸
大殺價後的生活必需品
毫無憐憫，毫無言語
但請準時送達，否則扣錢
母父之醫療，兒孫之福報
一輛三輪車幾十輛共用單車
一輛三輪車，幾十件物流貨品
赤赤一條人命

「今天的陽光真好」

「是好，但是我好嗎？」

「樹上的花骨朵開了，顏色真美」
「是美，但是我美嗎？」

「好呀，美呀，我知道化妝品多少錢，美多少錢，錢多少錢」
「是啊，但是我怎麼樣？」

「你永遠是最好的，結束請給好評謝謝(*°∀°)=3」
「誰稀罕那陽光和破花，哪有我重要」

雲

現實之時毫無意義的在於只有全部的記憶才可以與一場夢
等同只不過是那夢多少次我感受到在現實中的瞬間早已被
夢見在當時的夢裡我沒有意識這將會發生卻像任何夢境一
樣無法被逃避和否定無法被作為記憶被遺忘我記憶

握方向盤雪盲著
沒有綁雪鏈的輪胎打滑著去往雪山
冰湖幾淨
霧氣與迷迷細雨永不消逝
雨停後前車的輪也要揚起低雨
所有的擋風鏡是一樣，不過
一條路的同一場
麥當勞，加油站，全球化，現代性
跨國公司的島鏈不如
這裂開的公路與霧
卻從無法停留，而只是流連往返
家鄉也再遙遠
因這記憶與夢境的不可倒退
一朝一夕離去，家鄉便為海市蜃樓
它一日日縫補各處
在絕美的風景之中我的幻想
才會如此失望

窮盡所期許的美好

佇在上海舊居
街頭行人亂麻，眼濁慌匆步伐
老嫗推磨
輪椅迎面與人相壓
老叟一輛鏽三輪
數十架籐椅像大姑娘黑亮的辮子染成亞麻
我掩面被困在原地長足
我竟又被自己所蠱惑
「這不是北京」
卻，哪個城市不是北京
這拷貝與複製的地標塑膠龍頭
於我的記憶甚然不符
而這上海不至於是我最為陌生的家鄉

我已無言，無眼見了故土最為陌生的記憶
借道美日臺韓各式酒精，思考與藝術
去往各朝而忘記了人
一兩個
成千上萬億人翻滾著如被揚起的雨再落下揚起而一生傲然
著縫縫補補

離開雲，便再無一處歇

病毒

病毒，
非倖存者頑熟的身份政治解答
卻包攬了全屬身份政治的任何錯誤

奧林匹克

奧林匹克，普羅米修斯
燃火遞交一場，婚禮群像
休熄一場葬禮
意外於，
那麼迅捷，順理成章

電氣

電氣
上帝監視人間的最後一隻眼

無題三十一

1. 一個意象會再被使用時確立這個意象與現象的連結
如重複基建的擊打

2. 上代的土地，麥子與陽光，精神，倫理等於此從未出現
過，原因為城市，而取代為人為景觀，精神，倫理

3. 夢作為意象取之不盡，盡取不得，因其流轉附會，而不閉
其不可更別的確定性，為陰語，荒誕語，巧語

4. 僵化了，或是確實了，語言便進入全陽，固體，文字，墳

5. 之為權力話語體，字詞為各方勢力所屬，使用的散碎，卻
每個字的牢籠的轉移確定了語言表達的虛假自由，而必定喚
起此言所屬的舊君王及其庭眾

6. 漢語現代詩便是對於舊君王的自我流放，駁斥，而僵化出
新君王，因語言的不可更動性並未在近代開闊足夠的總體體
量，卻簡化了不該被簡化的混亂

7. 小學，中學，大學及以上，研究，之為語言學術的前途
小學，中學，大學，公務員及以上，之為科舉的現代君王，
的不變，的流放

8. 漢語現代詩，屬於通多語，古語，新語的亂人，可為古人，但是那千年百年十年一瞬的受遺棄者，邊陲之地

9. 我過度使用了海市蜃樓，夢，眼，她，天堂地獄及眾意象，認為捕捉到了確實的痛苦與災難，但籠入的界別是可見的非現代啓蒙，的古代體的東躲西藏

10. 之為自由，金光耀眼的貪婪，其實是左右逢壁

11. 這語言無有自由，因自由與語言的互斥，時間引起的教條，聽者奴性的解釋奴性，眾君王的爭搶，分野，或獨裁，倭語

12. 只管寫罷，語言期待死亡，因其不為死亡，而之為死亡關係的一切，儘管被壓倒，不同於光明的停頓或者流變，她才真正放開了手，張開了眼

13.

長城居民

冰，雪，風
屹立如林的居民樓
相連，相交的視覺長城
俯瞰離散的九龍城寨

多米諾骨牌

冰寒，雪白，風狂
鋼筋與水泥柔情，臥躺疲勞
一棟屬於自己的生命
再一棟，如果它也是生命
我們團聚於其中一棟，生命
仿佛總需要在這個時刻
團聚著世俗悲劇的到來

每一棟倒下的樓裡
無我熟人，無我愛人
無一不卻是我
上一個我，與下一個我
輪到這一個我

倒下，長眠，但長眠無覺

待下一我醒來
倒下的樓重新站起
換了名號，門戶，開發商人
不換的只有其意志

我的虛偽
在於無法面對誠實後的絕對傲慢
與緊隨的自否
此刻我卻沒有用笑化解它
而是獨自沉默這
生也悲，死倒也俗了
只好虛偽著，有甚時顛倒價值

去往其中，真正的惡鬼
無法相信地獄，的真實
重新確認，舉證，實驗
使地獄行駛擴展如列
遊離倖存者們的節點，終點
駛向環形終點站

究竟是語言沒有真理
是真理的含義嶄新，而未熬成婆
或是真理本身空虛，全然飄渺
那理性所求

對真理的追逐某一刻證明
自己已是懂得了真理的人
而代表了，獲得了真理的解釋權

這啓蒙後的混亂

瘟疫已流入各方
政治意識形態
共同的敵人無聲中簽署合約
如此語言

太陽依舊是舊日
卻將要再次，升起舊日
舊日中高漲的飽滿
建起我們舊日的長城
倒下後
次次屹立如林於心

雪

每一幀圖元間
透白光點移送
雪一下
冬又憑空多出一天

聲音逃進眼睛裡
罷了，當早已無聽力
內障似雪
口罩與面具安在，具現

再大一些，在停一些
駐留任意片雪的方地
只為時間
多出這一天

偽儀式

無菌環境公務，牆皮剝落養蠱
肌腱世界，警如父
足夠懦弱和愚昧不必擔責
摀實懷疑之嘴，卡死道德之脖

無奈人必將以最大的詛咒面對偉大
反抗者直反抗到自身生命本身的絕望
喜劇演員喜劇化世界基礎元素的虛無

儀式已經開始了，儀式無法被阻攔
我不願參與其中，但宣布它的開始
以人的主觀意圖，自主意識

雙重人身分不承擔任何責任獲得任何利益
但我要放它們出來，我之中的你們，與我無關的它們

我要做，大停電時第一個真正意識到攝像頭已經停止運作的
人
被鬼撕碎的第一個祭司
開啓並錯過了地獄之子

移步換景

半酣半醒中
試圖摘眼前遮光的眼罩
起身行事

五次，十次
十五次嘗試
虔誠地表演之至淪落熟睡

夢摘下眼罩後資訊與電鑽刺眼
也被我反復嘗試
夢境的午間底色，眉間汗滲

摘掉眼罩，終後，就到這裡
只因無處可醒的太陽
也隨著黃昏拱手，移步換景

昨天

他攜幼扶老
拖著斷裂的自己而來
為我展示藏在身體裡的部分首飾
一些碎銀石
一路的顛簸
求一口水與任何食物
並選擇一人收留

他問我是否還能回到昨天
，他懷念昨天

我說不起勸慰的話
只告訴他這一刻一絲安穩
今日，你與我留存懷念之日
要像你已失去一樣呵護
我無法收留，或以真實刺痛

看到我，是昨天的自己
看到你
，是明天的我

離開前我們擁抱
籠攬斷肢，整理衣冠
他看著我，只是說著
我如此懷念昨天

祝福

他人靈魂的空洞
可以瞬間抽痛
這具軀殼
他人靈魂的充盈
卻如漸強漸弱的噪音

我的孩子
如果要我來傾訴未來
去做自己的上帝
這話你已經聽說，是的
並且你不相信
換作你熟悉的語言
去做自己的長輩
去做半夜

驚醒自己的鬼
你非常懂得黑暗中的恐懼
是誰藏在了那，是你
要知道
如我的人存在
而你將擦肩而過
因我是那從未發生的壞事

我從未發生
因我已成為了魂靈

我要求你見過這個世界
摘下口罩的模樣
我要求你見百態的人臉
皺紋像碑刻
筆筆帶鋒
儘管那些臉
屬於某人深深在意的一員
明日定會再添一刀
無力審美的人
灰色的揚塵裡
愁容糧食與水的價格
無助挾持著貧困終其一生
也是骨縫裡
卑微的檄文
你無法與之平視
亦無法憐憫
更不論唾棄
因為卑賤本身
屬實是欺壓尊嚴最大的痛點
而這尊嚴不屬於
每一個被欺辱者，與加害者

當你看見時
要承受你正在面對的感受
終朝不忍而多言，多行時
也要知道，是你選擇加入
無可否定的錯誤
並且相信你需要付出
這樣的錯誤與代價
以解救自己
與他人的魂靈

我也要求你見過這個世界
沒有電的樣子
預想它
即將沒有電的樣子
要知道
世界建立在泥土與水源之上
電力曾來自天堂
這不僅只是個比喻
你需要追溯現代文明
對於電力的馴化
無不同於農耕豢養的人類自己
早已無法離開與己綁縛的手機
幾十年前並沒有出現
互聯網亦然

一路循去
你會發現，人類的不可思議
為什麼猿猴
會在牆上畫下似人
非人的形狀
為什麼會有語言
而出現詩與歌
悲劇喜劇
為什麼你降生後
像是一覺醒來
從一隻猿猴落生
世界變成如此
不可思議的樣子
惶惶欲墜，斑斕影影
而不只是一次勝利
一具屍體
一次驚愕於手指
可以移動的常識

如果從未擁有這感受
如果你已步入
肉體的衰老
與靈魂的紛亂

坐擁空無的財產
我替你感到惋惜
我的孩子
我只剩對你
最深摯的祝福

行為藝術

長期社會行為藝術擬案：
作品《平庸》
構思動機及主旨
實施方案
已由標題全部解釋

鄰居

樓上的孩子
練著沒有音律的鋼琴

樓下是老人壓腿
吊嗓子

西方破碎喇叭
唱足東方紅

隔壁吵架公園的嗩吶，小號
一首曲子吹了十年

無紙可訴的裝修班也
修了十年

後現代邪教交響樂團幾人
拆毀一棟樓的個人尊嚴

你們再不哭
我即將開始享受災難

回答遠方的災難與尖叫

截至近前

兵戎與戰地記者
拿著相機和槍支

殺回熟悉的，無人認領的家鄉
無人認領的尖叫

我們再不哭
你即將屬於災難

地鐵把式

地鐵的金屬探測門
金屬探測儀，金屬探測人
三位一體
靠近前便躍躍欲試
發條
手肘與手腕抖動熱身
如夢如戲

現代年輕男女守
門「把式」
不知在對行人舞著什麼
探測什麼
姿態並不承接役者應勞
勝似舞蹈

旋起音樂盒的左右門神
兩排行人通過
稀拉或摩肩

呔！著一鞭

呔！吃一鐧

兩尊門神子
這倆勞什子
連舞帶打
一鬼未曾攔下

回憶

我總於九月回到西雅圖
下飛機後，能見陰雨
這雨季將持續至春末
寒涼得像是死人需要的擁抱
發芽後才捨得鬆開
如此深情

如果有一個人在等你
朋友，親人或愛人
這寒涼便得以忍受，享受

挈著手吸一支菸，於未戒時
罵一罵，給一個擁抱
無家，但抱住家人
像是每一個活人需要的
擁抱，如此深情

一回生，二回
熟悉的公路通往街區
回憶，公路
通向哪裡的節點曾明確
當總在路上通向哪裡

於車中醒來
原來終點也只是在這路上
落地吧，放下行李的人

街區依舊動盪，但廉價
令人安心，無需負責
當自保已是呼吸般常事
提心久，
就算看見燃燒的警車
只知不便久留，心無波瀾
封區前，臨街買一杯咖啡

此地多烏鴉，喂雨淺駐
這棟樓沾滿一樓頂
隔壁另一屋頂
另一群烏鴉淺駐
橫著跳兩腳，搖搖頭，一下便飛
吵鬧連天

過街的人呢喃著
對所有紅綠燈前的車輛一一豎中指
啥著麻草，車裡的人三三兩兩對視
呢喃著，搖一搖頭
等待綠燈，一下便飛，同樣吵鬧

不知為何，就算
總在堵車
市中心至城郊
我依舊覺得空曠，無處不在空曠
如深夜的公路
兩側的黑暗一直下到海裡
扶回岸邊
路程距離的測量單位並非英里
而是雨刷器擺動頻率
和音樂
還有一首，便到家了

就算已無人擁有這擁抱
已徹底離開
只有我知道
還有一首，便到家了
還有一首，
還有一首

失事

肉身執亡自固體
被證偽中，靈魂憐離於無地

風化越是細密堅牢
越是鏤空得精易毫巧

破碎上百聲疲勞
進入經絡通達四肢

百骸之於總體
一縷酸訥的信號

天平

明亮色與空迴響；照蔽生存之影的自在死亡哲學；轉圜死亡
之行的人為生存哲學

為了看清鬃毛輪廓，以撤步前進，視野倒退

自在我所真實言語前的語言是我於小菜場貪手的一棵芫荽
天平貪置的砝碼無休的拋棄與置換，貪婪天真的，愚蠢的死
亡，仿佛我已交易久，生命或死亡便也被天平容納，而脫離
審判的意味

對自己永久的無罪認同，哪堪信落錘定音；對自己無限的有
罪論，哪堪待錘落；對他人之無知，哪堪握錘

疾病纏身時身體的無懈可擊，是無法生髮衍生卻伸縮的靈魂
的詞義成為了被認知前的狀態，生理遺忘症

寫作完成後的刪節，是翻譯的過程，增改亦是。而坯始於章
終，互為同源，短暫極致的私生父，私生子，私生母，私生
女，私生種種無形

比喻終究不是比喻的死亡，卻是比喻後別人的一口無名引
語。放滿一邊的天平卻不滿足，於是放滿另一邊的天平，崩

潰前所致極限，被另一隻手輕提，只是放在了不可知的無限託盤，表或裡側，無漣漪側

而天平，只是按下了一鍵，鍵盤，琴鍵，打字機，傳出或未傳出一聲輕音。保留著文字時代的記憶，一個按鍵得以切換一行，一個按鍵得以消失一字，全如記憶般不可信

她說，已無須如古字焚燒，放下她，自己便熄滅罷。如果你真的確信，如果你真的勇武，通覽道德，悲天憫人，又為何執筆？

然。

而一言盡後下一言前為全知，但全知如水，如坯始，章終。水源兩端，一端得引，兩端得飲，終其不解

一言以蔽，唯有流水固體兩端為水，而通程水流於火，卻惘惘如青柑入眼，終不解眼之乾涸，下頸飲，卻不逃自在為一端。而哪般熱淚，可迎了這，流流於水火眾生，流流，罔顧如焰，嬌洌勝泉，無處不得下頸，無處不為兩端，無處不逃

味道

吃下安心的味道
像是從裡面，被記憶抱著
揉揉頭髮和額頭
「都會沒事的」

魚鱗穀

所有的昨天
這個陌生人為我遺留痕跡

攀岩，登山的路徑
深層地穴穿越的疾苦極樂
水底暗洞，喉道至破碎的肺室
心率與血壓升高至邊緣
焦慮與恐懼布滿全身

倖存者，他們說著
你未見過的風景
早有著你已體驗的感覺
當去那裡彌補
當去那裡回顧

背脊鋒利，魚鱗山的斜坡
上行時遍布助力
下視盡是刀山，無路可退
才知何為刀山，無路可退

彌補，睡時便醒的時刻
醒時便清醒的時刻

清醒時，覺醒的時刻
魚鱗殼，昨日發來了邀請函
魚鱗殼，令人類規則無效的自然
未邀請過任何人

魚鱗殼人
亦是你無法想像
生於其身體的生物
當一切規則是必須規則
但是權力，於是權力
氣息，元素，質感與味道的結果

殼內，聲音與影子一氣
空間與物質分離
遊蕩，遊離，總是無聲
安然道，只有影子沒有忘記聲音
只一響，吸引來的，是所有的影子

起伏地面上，十寸之隔的嬰兒頭顱
個個轉向了我，顫動著
苛求離開身體前來
我無路可退
殼口下視，盡是刀山
盡是魚鱗，魚鱗殼

影子聚集為一牆之隔
一片影子下，是無有數量的影子
它們一道前來，一同消失
有著共用的名字，魚鱗穀人

呵，不許以人稱呼其實
哪堪為人，那盡是魚鱗穀其自身
倖存者，倖存者
當你受邀之時，已失去了這個名字
所有的昨天已是你
為陌生人遺留的痕跡

盡力留存聲音，影
不要吵醒嬰兒頭顱
你已是影，彌補而已，是魚鱗穀
而從未存在過魚鱗穀人
有的只是痕跡，和所有昨天
仍未到來的倖存者

還原

金錢還原為一行數字
這片土地上
種下的人又將被吃

風擋

傍晚打烊班商場的熱鬧
騎走了整條街
所有輪子和風擋

柳絮

卷了柳絮與微塵的空氣
亂作無魚透光的半個海底

受惠

四肢枯槁如朽木，內臟汙漫如沼澤，髮絲焦燃似柴草，腦軟
負水，骨髓乾裂
也許便不會再欺砍朽木，漂渡沼澤，斬斷柴草，飲水食髓，
而不深感受惠

牢籠

牢籠的名字從未改變。

自在為眾所周知的恐懼，令那一座牢建制為牢籠的標準化表像及諸多符號。

無實人身處於那座牢籠，其中的人亦是標準化的表像。

如若那些表像及符號，分揀出幾個取代，排插，裝置你方寸的安全地帶。

親疏關係，夢，現實，於你，便如釜底抽薪，如饑餓本能。

假如一間鐵屋子，是絕無窗戶而萬難破毀的。

自從破開第一道光縫實得喜悅，便一道道破下來，才知道，鐵屋竟可以破為清爽的牢籠。

決堤

雨下得這麼大
地鐵口的人快要決堤了

山鬼

遠無天災，近無人禍
不過幾聲哭喊，人皆嬰童
饑勞困倦親不待
長夜零落

山火劈啪，爆裂聲聲
近惡山鬼，遠惡山洞
淹沒不眠掌聲中
一歲一枯榮

義勇餘音

安息，已逝去靈魂的你我
任自己的肢體，償還那古舊的泥土
周遭親鄰毋須為此承擔憂愁
由他們自然地流露輕鬆的哨聲
一聲……兩聲……三聲……
他們各司其家，傳達友鄰的歌聲
一聲……
聽見親人的笑聲
一聲……兩聲……三聲……
聲……

捕魚籠

當她在門前察覺
這單向放行的家是捕魚籠
她已在籠裡
親手布滿餌料

無事發生的一天

無事發生的一天
身邊繼而少幾個人罷
靜待，捕至自己

穀與海，風平
浪靜依依

板塊散落至郡縣
城邦，街道，社區，個人
個人散落至板塊

居民樓焊接鐵欄；同義，被剝下外殼
露出監獄高牆，高壓電鐵絲網
守衛者，疫醫

值得被憐憫的眾人之中再無人值得被單獨憐憫

告別了，網外之人
告別了，外牆之人

賦權

哥咱羊板筋打包還是在這吃哥？

元宇宙

麻木
以即刻極致的瘋癲體現
虛實美與渺茫

元宇宙的
宇宙？

人們陷入精神，重度毒癮
性癮，患者的精神夢境
快感無不對上量化明碼
對下標價價值標準，解構道德

壓倒達爾文法則
佛洛伊德與韋伯，榮格

而專屬於人，挖掘她們
之為原始，純潔
有識的自然放蕩者，傀儡

我們將癮裙下
自慰最為骯髒的殉道者，惡鬼
無論性別，階級

清醒夢，與倫理主義

麻木以即刻
極致的瘋癲體現虛實美
與渺茫

麵條

麵條分兩種

故意做地細緻
剩菜燴的日子

殘次品

流水線上的工人
於白色工亭
拾起醫用棉籤重複加工
我們步伐整齊
體型各異
皆如無可挽救的殘次品
一周，便反廠了七次

流民。難客

膠實邊框。時時不礙風流的窗縫
斜斜漏了

曙光面色的流民。難客
淫匪。囚徒
長途客車司機。及生鮮貨物
背對背春寒
料峭同一雙。地外之人的肩膀

皮膚。絨毛。無幸坐擁
歷代。末期的優雅骨架
與毛孔一道追逐。掠奪
早期骯髒的當下

而所謂敗落者。對於質感的感知
如弦斷滿盤。泥沙俱下
卻時時。刻刻
應然自洽。

論證

記憶是不可論證的，它們本身已是一系列不通向任何地方的密語，但是密語通常具備指向性，如同記憶本身的過程性，但是記憶是不可論證的。

我出賣眼中的世界，以贖回某一個身分，以出賣贖回的身分，以。

任何事情都應如此發生，於是任何事後都不該如此，它們不可被閱讀時，便更可被理解。

我無時不在對抗我錯誤的記憶，無根，因其與一切認真道別的自我在離開前未置一詞。

而借助任何藝術體裁對記憶進行論證的過程本身必定伴隨強烈的撕扯感，如果具備成熟的媒介以及熟練的技藝，撕裂感便被異化為情感，我想現代漢語於此兩點皆不具備，那麼它一定是過去式的，這判斷便出現了錯誤。

探討撕裂感本身同樣是探討的異化。

於是另一條歧途：痛苦與撕裂感的追求本能甚至更讓人感到可信。以感受作為線索，而散播愚蠢，羞恥，跨越年齡的幼

稚，而浪費愚蠢，羞恥，跨越年齡的幼稚。

如同品味以及質感本身，必須是同樣可以被輕易拋棄的，命運性的；音樂性的；系統性的；周轉性的。

論證本身可以作為等式理解，而不是求解作為目的，解答以另一種「語言」在已知的下情況下與論證形成了等式，但等式必須是相同的語言，因此這並不屬於等式。

二：(1+1 不等於，=；等於逗號≠一加一)；2

虛偽並且貪婪。

圖像性的語言並不為音樂，這也是兩種不等的語言，然而電影作為夢境的導出，已經在近百年證明瞭虛偽並且貪婪本身不是否定性的價值判斷，而虛偽並且貪婪的詞語本身仍無法擺脫舊意，而常常被誤解，以錯誤的表達方式出現。

於是價值本身已是不可論證的，如同記憶。

魯迅

魯迅出現後
魯迅便被根治了
隨後每一朝的笑臉都保證道
那只是歷史的意外
再不會出現了

禱言

我任何事都可以告訴你，教導你
以我的經歷與所學
以我不多在世界各地留下的記憶
告訴你孤懸海外
如同被困入一幅名畫
畫中親耳聽見來自陌生女人和男人
親口講述自己與其父輩的故事
整夜笑中帶淚，抑揚頓挫
與任何歷史都不在同一個版本

告訴你世界上那些
從未被認真照看的疾病
生來隱蔽的錯誤
每人都遺失的愛意，與責任的關係
告訴你何為信仰，何為宗教，何為巫
你總可以抱緊一個同樣遁入虛空的人
儘管你認為自己已找到永久的庇護
但是四地的人們卻向來更擅長
滋長自己與他者環身的骨刺
以刀劍和鎖鏈，抵禦恐懼與無聊
將嬰兒拋向半空，卻以尖刀接住

我們都曾無能為力，忸怩不安
終於可以為這現實之中
同樣在任何角落裡
毫不起眼的災難，難聽地慟哭
一次次強化自己的無助
直回到像剛出生那樣無知時
連自己的聲音卻都不再認識

當我見到你，我終於理解他們
曾迫切地對著純淨的靈魂懺悔
問一問，換來這一切是否真的值得
卻又像從未擺脫一無所有
然而人，你的至親，骨肉
與我們同樣骯髒不堪，迷茫無措
看著面前千百年虛妄的語言被剝開外殼
竟然露出裡面陌生生命的血淋淋
分泌無可阻攔，同樣陌生且古老的激素

面對肉體中靈魂的賭注
我們唯有保持沉默
等待必將到來的問題各個親自叩門
或在某刻破門闖入

而任何祝福的話在此刻說出
都像是離別前喃喃的禱言
儘管我們，從未相信過信仰

聚合

好的家庭
是各類精神疾病的聚合

安樂死

城市讓縱軸脫離於自然的意志存在，橫軸依舊星羅網布
平面尋找不到的位置總是上下層級之間的迷失
好大的野心賦予權力
我難道要登天遁地，探索出從未被觀察的維度
我又在躲避什麼呢，如果從未保持客觀靜止態
如果相對與觀察視角必然存在
我在追尋什麼呢，被躲避，與追尋什麼
好在虛空稀釋了空間內容

誰人從未認真處理死亡，便從未具備真正迫近的實感
你難道有如此的野心
仿佛一個個假命題被你提出，被指證
仿佛先賢與大儒們也被揚棄
沉甸甸黑山烏雲壓來
誰允許你脫離痛苦與災難，輕鬆地談論死亡呢
輕鬆的死亡呢
安樂死被處理的是一切錯誤的總結
唯有正確答案存在，憂患生
為此我踏上了尋它之路，領路人們

我本想以更為平實可辨的文體記述，但自從失去對記憶的信
任，我更無法信任語言對於記憶之間的牽引。我有著真理，

一個一個並不確實相連的真理獨立存在著，跳躍著，其一閃爍放光時，其幾便熄滅，互斥，但都是絕對的，碾壓之勢力的。用任何線路把它們連結，邏輯化，將會帶來巨大的災難與迷霧。既然是安樂死，我必須以閃爍的姿勢嗅那熄滅的真理，尋找城市的角落，及座標的下一個維度，而其中一條真理如太陽光線索引最為遙遠的角落

「那裡必然有人，並古早有人的痕跡」

人是角落的太陽。
如若尋人，能否尋見安樂死
當安樂和死亡以兩種向量指向無限，留下逃逸的痕跡
安樂死究竟是什麼，領路人
我僅僅知道，被允許的唯一路徑依舊是夔患生的盡頭。

排隊

排隊與回家的路上依舊看不見
陳年枝掛風乾屍體
地磚揚塵混凝血

只有兒時的老店鋪
與經營兩三年的新店鋪門面一起上了板

展示窗裡半扇豬肉打在玻璃上
半扇人肉上紅色吊燈
紅色垃圾袋打轉
蒼蠅遭受驅散，

也有已七零八落的招牌被人卸去
　　幾身衣裳飄在裡面挑揀
抱走老闆們即將新生的女男人

隊伍裡
老闆們站在我的前後間隔兩米
後背上的皮膚消失
卻不徹底，不絕對，不創新
衣服吸在背上滲血又鼓起包起起伏伏

陽光明媚

枝擺茵茵

微風拂面，血臭
我回頭看向後面的老闆時他與隊伍後的人全部回著頭，後腦
處沒有那麼多頭皮，短髮被囊塊結締打了綹
我不認識任何一個人
我的背部有些許寒冷
但我不會再把頭轉回去了
就算閉著眼，眨到一半
我的後背又出汗了，癢
我才想起，白天禁止排隊

有人在對我的後腦勺吹氣，疼

生存教育

影視予人，音樂予靈魂
書籍予無我，遊戲予規則

唯有數學和藝術是結果上不可被反駁的

暫下定論未來多年的迴圈將是與歷史特殊時期同樣的因資源以及體制的變化對於已固價值觀破壞的階段試圖去以發生前期仍可做出準備的階段對未來進行預測死馬總當活馬醫死在這個時期之中只有兩個嚴肅的問題

生存，教育

教育並不單單是知識層面儘管狹義上的知識層面的教育本身所具備的內容已經是無窮的而更多的指包含了審美道德等對於個人形成完整人格及社會層面完整化包含對於歷史和世界邊界具備認知判斷和思考能力的教育

批判性思考
創造性思考
多元化
人本

同情
同理
邏輯化
創作者視角
加害者視角
學術語言
破巫，啓蒙

吶喊出救救孩子成為了每個時期每個行業例行的業務
對於除了被娛樂的人以外
任何娛樂都是格外嚴肅的

急功近利是因為總在解決生存問題，荒涼到該死
如果生存有反義詞，本該是死亡或虛無。生存於死亡與虛無
為伴時，它們的反義詞都是教育，邏輯，智力
與人類同時誕生的基因病毒會順著空間從地獄感染進天堂，
從此沒有階級，種族，性別矛盾，只剩下生存矛盾，和生存
在每個時期幻化出的新名字：愛

陰間

陰，陰
陰在陰間，陰在陽間
陰，陰，陰，陽
陽在陰間，陽去陽間
陽，陽，陽，陰，陰
陰在陽間，陰回陰間
陰，陰，陰，陰，陰
陽，陽！

化學啟示

焦慮，如何以傾塌之勢
導向恐怖症
抑鬱症
雙向情感障礙症
躁鬱症
文字遊戲症
反動症
幻覺，總會敗露
回焦慮的穩定鋼絲路
如枈它來自焦慮

虛假
恐怖病症敗於輕鬆；
抑鬱病症敗於懶惰；
雙向障礙敗於正確；
健康症……
敗於七原罪

焦慮作為焦慮發動機本身思考的轟鳴掙紮

風乾海參，罌粟老鼠
四肢六神，化學藥物

部分「精神問題」降臨巫之真理
部分「精神問題」啓示永久性粘黏性問題與根源性問題
來源七情六欲的幻性

福壽牙膏，綠麻蜷草
輕冰粉潮，乾菇郵票

占有客體化外的幻覺而延遲觀察自己的民族特質成癮抖動
態

神靈舊犬眾未死
化工新犬亦無著

無聊，無言
存在從未得解

追逐嬉鬧

樓下追逐
嬉鬧的孩子

以童貞結束之勢
緩向衰敗

即時某些，童年的開端
追逐，嬉鬧著成年

褶皺彎脖下頭白髮
拱手

獻出法律撫養權
繼續，追逐嬉鬧的孩子

行貶，言褒
隨褒，就貶

信

我最後的文字
或許將是那封信，

只是該寄送給誰呢？

自我

一念瀏閃
官能轉圜量子態

跨境，越級
不可囿言的運作

同不致言囿之鴻鵠
空無，星河之總

共舞，並闢濫泛
羅其瀏閃眾生

僅窺一毫，盡邪貪嗔
癡癡模仿

Kiss

他們用手拉了拉我們的面具，欣賞這服從規則的作品集，報以扼殺雛嬰的熱忱反悔

需時刻告誡自己景觀者不是我腦中幻覺的產物而是真實生存個體
眼耳鼻舌身的聯覺斷頻
觸感的視力
觸覺的顏色

母親收起了笑容和子宮，露出父親的褶皺威容

我從安無序靜的地方來此地
喧鬧井然由心的聲音絕無出口破空

弄庸利生，伏低做小
人人言謠，招魂半條

表達，語言層面難以脫離語言本身自帶的意識形態重污染語言本身的準確性和純粹性受到扭曲官語商語以過量的積極內容稀釋了現實之中更代表真實的珍貴部分且無法真正抗拒

不稱祖始
惘開先河
苦難無關者

痛苦和陰暗的內容以各種另側內不可被言說的姿態被棄置
不顧，獨自承擔過量的真實與冷嘲
深挖任何苦難無限真實及無限痛苦流於浮華表面太平顯然
更讓人安心，更

我們相處於不同的世界
受害者
算得上倖存者

相聚，相逢的畫面，壓通聯覺的最後一根神經

人值得只為人學一種語言後；狂歡結束；屍體與藝術浮出，
一條條加密線索消失，有人率領眾人亀水前進，有人留守，
認領死亡時；西海岸濕冷對接華北平原的風寒夜晚中；你；
我

Kissing and hugging never the first
kiss that long left
but we finally have

the taste of one
that could makes sight
for our broken nights

涼鞋

男人一旦穿上涼鞋，便顯得面目可憎。

假假條

時間破窗前
幸運降臨子淋面

避離運動，物質豐饒
暫開先生，吸血善德

豁智越階級
翻牆祭舊賬

幸運，大幸呵
自保且該怨，大道需雙解

且知至深一之辦
卻無談從半之一

智弱，肢鎖
食多，赤作

代啊，價啊！
巫噎，舞噎！

幸運，大幸唉
自保癡肉拒，大道令他邪

2022 summer in □□

□□□□□□□，
□□□□□□□。
城科厲吏昏曉暮，
郭庶雛笂畏雨晨。

巴別塔法

巴比倫，
巴別塔！

我分明見到宋朝的屠戶戴著藍牙監聽耳機！
他們摸進來了，
號稱種子的果實
號稱精子的成人！

無煙焚書爐子噴發核廢水濃煙鋼鐵油車停在鄉裡人手一份
詔書奸毀諫言無馬揚鞭策人來閱

笑是他們瘋狂的藉口分明是羞辱羞辱我們的酒精與止痛藥

古語還是古語
是文言變成武語！
《巴比倫法》翻譯正確
官方修憲
分明寫著《巴別塔法》！

巴別塔人
你們能失去的僅有枷鎖
失去後可以借貸，分期，抵押，失信，肉償，子女⋯⋯

快把嘴閉上！

美顏

一顆墜樓後
破得碎碎的頭顱
被拍攝軟體的濾鏡
拼湊成生前

從未獲得的美顏

輪迴

布 版
鉤 山
暈 染
引 燃

孩子

她一絲不掛
刀子藏在孩子裡

一次別離

一對情侶站在地鐵上
隔著兩副口罩
擁吻一次別離
他的西柏林；她的東柏林

鞋

皮鞋是戰場
涼鞋是舞臺
高跟鞋是絞刑架

芸芸萬千
卻也大抵只有這三種鞋，就為站在那裡

夏至

電燈白日，黑暗刻入夏至
她手不溫奶
羊水卻要破掉了

成群陌生人，她的愛人
默契地
玩弄電燈爐灶的開關

哼噠，一聲
哼噠，
她即將出生在首個嚴冬

耳邊即將是她一整個
手寒的童年
，無懼悔意

茫然，
花容健俏前已迎來
賜福四肢鑿鑿的詛咒

The letter

-with Xu

Will there be a knock before
Painting towards its closure
What builds dream
Letter falls to the bottom
Is it my bill again
Or it is how long I painted
Does jacket keep me warm
Are there free snacks
Where are my kids
Does country have its home
Does fallen leaves rot in the sky
Where is my chair
Which side of the sea
Can I recognize my name
As if it used to be different
Am I wrong
In English
Czech and French

Bel Canto

Gently, he sobbed alone
Feeling less blue
"How about bel canto ? "
His vocal cord vibrated
Almost laughed

Silent

That was the best timing
To Clap
To shock you out
When you were moved by my word
Well, I did
Within my silent
And I did you too
Within the place we were

Translate

Translate to me when I first set my feet

Translate when I step on the other side of the ocean

Translate something could never stop to me

Translate broke in two sides as gap

Translate are exposed on the translation, my stupidity

Translate on your side is not exist

Translate dull as cause and effect, to understand and misunderstand be more tempting

Translate and express, presenting people as ancient Greek tragic actors on stage

Translate work is another tragedy itself

Translate cause and put an end to the infinity of the work

Translate continuation is already in the next world

Translate as steps, on which yet ?

Translate my first piece of crying that I forgot

Translate it into art, which you cried out in tears

Translate Melody, Tonality, and Periods

Translate to Wagner that he was my father

Translate the art into non-emotional, ultimately related to earth and gods

Translate back to my first crying, as brothers and sisters

Translate your experience, and your free-thinking

Translate to me, I have the freedom to understand

Translate to the homeless guy who is two junctions away, and pay him a quarter

Translate it to my grandmother, she is still alive, you are still alive

Translate freedom across the Pacific to the left

Translate power, democracy, correctness and strength

Translate to those who were born in the media

Translate sex to girls, who were treated as women when they were children

Translate violence to boys, they are treated as men in childhood

Translate their words, maybe

Translate. Stimulate your lacrimal glands

Translate your tears, after all, blame god.

On my way home

It's time for dinner
mother's voice
in the kitchen

overshadowed
the wind
I thought I heard
just like I thought

I was holding
the cell phone
Standing
in front of father's bed

wake up
what time is it
no one wakes

me up
on my way home

互不相見

水氣升天落雲遮月
受引力咎的夢境遊遠

太陽藕斷絲亂
光無法逃逸熱無法溶解

無憂千裡外腳下折射
深埋萬家燈鳴境影仰視頭頂

倒映雲層間我們的腳尖
與另一顆星球翩旋

互不相見的夜我們互踏月光
不曉得誰是月亮

唯有今夜
我們互不相見

生命頌

當我僅剩下一雙眼，積聚在畫面上，是否成就遺棄真正的殘
疾？

當我僅剩下一雙耳，受群山非自然約束的群峰人包裹，甚至
現實的科學中容納我的大腦，是否放棄自我？

當我……一雙腦，虧兮科學的新發明，文學的反哺，得以解
釋複雜通路，超載一條獨特電極，圓華芳面，冠名藝術

當我吟著音樂，舞入鏡頭，模仿倒流時間，我便以貼面吻，
與死亡預演，而她在我不熄的耳語中隱言

「切以任何情感為感情」

「謹慎在世便定謹慎，放浪無形隨之混沌」

「監視邊界，在海市蜃樓，如果確信，決不作海市蜃樓提出，
以或實際，以為真理，海市蜃樓被察見，永為發掘現場後，
忽略時間」

「我的唇永不落吻，因為唇，而我的孩子，無人對煙酒成癮，
無人對藥物，性愛，青春，藝術成癮，那皆是尋」

而終歸，你僅能對這樣的世界，「我」，癮：藝術，死亡，酒……
「她」的一切子嗣引吭

而生命，作為屬於我預料明晰的孽子，以及我真正的身份，
背靠我的兄弟姐妹，求生的下潛式，作死中長生永生，熱烈
而終，無法熄滅，亦無涅槃

而唇齒交融的她，語言中負面，自殺的口業高懸不得，如城門頭顱，閉眼平視不仁門下酒肉穿腸，唯涿弋如佛而倖存者言，這原來是癮！是世界間生命遍尋原來，最古老的禁忌！

國家圖書館出版品預行編目資料

倖存者／雨晨著.
--初版.--臺中市：白象文化事業有限公司，
2022.12
　　面；　　公分
ISBN 978-626-7189-30-6（平裝）

851.487　　　　　　　　　　　111015052

倖存者

作　　　者	雨晨
校　　　對	雨晨
發 行 人	張輝潭
出版發行	白象文化事業有限公司
	412台中市大里區科技路1號8樓之2（台中軟體園區）
	出版專線：（04）2496-5995　　傳真：（04）2496-9901
	401台中市東區和平街228巷44號（經銷部）
	購書專線：（04）2220-8589　　傳真：（04）2220-8505
專案主編	陳媁婷
出版編印	林榮威、陳逸儒、黃麗穎、水邊、陳媁婷、李婕
設計創意	張禮南、何佳諠
經紀企劃	張輝潭、徐錦淳、廖書湘
經銷推廣	李莉吟、莊博亞、劉育姍、林政泓
行銷宣傳	黃姿虹、沈若瑜
營運管理	林金郎、曾千熏
印　　　刷	基盛印刷工場
初版一刷	2022 年 12 月
定　　　價	300 元

白象文化　印書小舖 PressStore 出版 · 經銷 · 宣傳 · 設計
www.ElephantWhite.com.tw　自費出版的領導者　購書 白象文化生活館